RECOUDRE LES BLESSURES

DU MÊME AUTEUR

Séparés, 2018
Et une idole s'envola, 2019
Reviendra-t-elle un jour ?, 2020
Des vacances presque parfaites, 2020
Des vacances presque parfaites en Espagne, 2021

Élodie ALAIN

Recoudre les blessures

roman

« Le Code de la propriété intellectuelle et artistique n'autorisant, aux termes des alinéas 2 et 3 de l'article L.122-5, d'une part, que les « copies ou reproductions strictement réservées à l'usage privé du copiste et non destinées à une utilisation collective » et, d'autre part, que les analyses et les courtes citations dans un but d'exemple et d'illustration, « toute représentation ou reproduction intégrale, ou partielle, faite sans le consentement de l'auteur ou de ses ayants droit ou ayants cause, est illicite » (alinéa 1er de l'article L. 122-4). Cette représentation ou reproduction, par quelque procédé que ce soit, constituerait donc une contrefaçon sanctionnée par les articles 425 et suivants du Code pénal. »

Copyright © 2022 - Élodie Alain
Tous droits réservés.
Dépôt légal : novembre 2022
Couverture crédits photos :
istock/ Natalija Grigel : 653872198

ISBN : 9798847158961

*La coupe des souffrances n'a pas
la même taille pour tout le monde.*

Paulo Coelho /Manuel du guerrier de la lumière

PROLOGUE

Il y a deux questions que je me suis posées des milliers de fois : pourquoi est-ce que j'existe et quel est le sens de ma vie ? Depuis trente et un ans, je cherche des réponses. Apparemment, personne ne peut m'en donner et finalement, je crois qu'il n'y en a aucune.

Ce dont je suis de plus en plus convaincue, c'est que je suis une erreur de la vie. Car je ne devrais plus être ici, dans ce bas monde. C'est sûrement ça, la raison. Il y a eu un court-circuit dans mon parcours. Un imprévu. Ce qui était censé se passer n'est jamais arrivé, et moi je suis restée en plan, comme on délaisse son chien sur une aire d'autoroute parce qu'on ne veut plus en assumer la responsabilité.

Depuis longtemps, je ne suis plus que l'ombre de moi-même. Je me demande sans cesse ce qui a pu faire échouer ce foutu plan, pourquoi ça a foiré ?

J'ai bien essayé de mener une vie normale, de fonder une famille. Je n'y suis pas parvenue. Mon cas doit être désespéré. Mais qui cela peut-il bien préoccuper ? Qui cela peut-il bien intéresser ? Même moi, je finis par m'en foutre.

Je m'appelle Faustine Jullien, j'ai trente-neuf ans. Voici mon histoire.

1

Une bruine légère tombe sur ma tête, sur mon dos et traverse la fine laine de mon pull. Je suis trempée comme une soupe. Le ciel gris est chargé d'eau et promet de la pluie pendant des heures. Je marche à une allure modérée sur le trottoir. Plus que deux cents mètres et je pourrai déposer les deux sacs chargés de courses qui me déchirent les bras et les épaules. J'aurais préféré effectuer cette corvée avec ma voiture, mais elle m'a lâchée il y a deux jours, et Baptiste, le garagiste de Charentin, notre village, m'a annoncé qu'il allait me falloir patienter pendant une semaine. Il a dû commander une pièce de rechange qui n'arrivera que dans quarante-huit à soixante-douze heures. J'aurais pu louer une voiture pour ce laps de temps, mais mes finances ne sont pas au beau fixe et la facture pour les réparations risque d'être bien assez élevée. Je ne roule pas sur l'or. Mon père, avec qui je vis, encore moins. J'ai été dans l'obligation d'interrompre mes études après le baccalauréat, que j'ai obtenu de justesse, sans mention, mais sans devoir aller au rattrapage non plus. Une des seules satisfactions de ma vie, mais qui, malgré tout, ne m'aura pas permis de faire une grande carrière. Le bac, c'était le minimum à avoir pour pouvoir travailler.

Ma profession, c'est Mariette qui me l'a apprise. Je suis couturière dans une boutique de mode. Je retouche, je raccourcis, je rallonge parfois. J'ajuste les vêtements aux formes des personnes qui les achètent. Car tout le monde sait que la mode n'est pas adaptée à toutes les silhouettes de ce monde.

Grâce à Mariette, je sais faire quelque chose de mes mains. Elle m'a accueillie les bras grands ouverts, sans me poser de questions, en sachant parfaitement que je n'avais aucune qualification pour ce job. Je me souviens encore très bien de notre rencontre. Ce jour-là aussi, il pleuvait, mais « comme vache qui pisse ». Je m'étais abritée sous l'auvent d'une boutique en attendant que la nuée orageuse passe son chemin. C'était en août. J'observais les passants quand deux filles de mon lycée que je ne portais pas dans mon cœur avaient surgi au coin de la rue. Je m'étais retournée vers la vitrine, faisant mine de m'intéresser aux vêtements de mamies exposés sur les mannequins, tout en espérant qu'elles ne me verraient pas. Même de dos, on arrive à reconnaître les gens. Deux affiches avaient attiré mon attention. L'une annonçait une brocante qui devait se dérouler dans la ville à la fin du mois. L'autre était écrite à la main. On recherchait une couturière. Au moment où je la lisais, une dame était apparue de l'autre côté de la vitrine. Elle était petite, semblait avoir une quarantaine d'années et elle me souriait. Je n'avais pas su lui rendre son sourire. Moi, je ne souriais jamais. Aujourd'hui encore, je souris rarement. Elle m'avait fait signe d'entrer et, puisque je ne pouvais aller nulle part ailleurs, j'avais obtempéré. Le reste s'était fait naturellement.

— Vous cherchez un travail ?
— Oui, mais je ne sais pas coudre.
— Je peux vous apprendre.
— Je ne suis pas sûre de pouvoir.
— Tout s'apprend ! Vous avez besoin d'un emploi et moi j'en ai un à vous donner. Alors pourquoi chercher midi à quatorze heures ?

Elle ne m'avait pas vraiment laissé le choix, et je dois reconnaître que l'idée ne m'avait pas déplu. J'allais enfin gagner de l'argent. Finalement, c'était tout ce qui m'intéressait.

C'était il y a vingt et un ans. Je n'ai jamais quitté son atelier. Je n'ai jamais cherché à changer d'emploi. Je me sens bien chez Mariette. Elle ne me paye pas plus que ce qu'il faut, mais de temps en temps, lorsque les mois ont été fructueux, j'ai droit à une petite prime. Cet argent, je le mets de côté. Pour plus tard. Pour le cas où.

En arrivant devant la porte d'entrée, je pose les sacs au sol avec soulagement. Mes bras me font souffrir. Mes cheveux dégoulinent. Je cherche la clé dans ma poche, l'insère dans la serrure et lui imprime deux tours. Le vieux, je l'enferme presque toujours quand je sors. Ça lui évite de faire des conneries. Même quand je travaille. S'il veut prendre l'air, il peut aller dans le jardin, dans l'arrière-cour. Nous habitons une maison mitoyenne. De devant, elle ne paye pas de mine. La façade est grisâtre, les volets marron en bois ont été abîmés par le temps. Les maisons voisines n'ont pas meilleure allure. Quoique, un peu plus loin dans la rue, certains ont investi dans la rénovation de leur habitat. Si j'avais plus d'argent et que la maison m'appartenait, peut-être que je ferais la même chose. Mais c'est la propriété du vieux. C'est tout ce qu'il lui reste.

— T'es revenue ?

Comme presque toujours, il est assis à la table et écoute la radio. Ça lui fait de la compagnie, comme il dit. C'est sûr qu'il ne peut pas compter sur moi pour lui octroyer un brin de causette. Pas à cause de mes absences. C'est juste que je n'en ai pas envie. Je ne me donne même pas la peine de lui répondre et commence à ranger les commissions dans le buffet Henri II qui peine à tenir sur ses pieds. Depuis longtemps déjà, je m'occupe de mon père. Je suis revenue vivre avec lui il y a dix ans, mais seulement par nécessité. Parce qu'il n'a plus personne et que je n'ai pas les moyens de payer une aide à domicile. Alors je m'occupe de ses courses, je lui prépare à manger, je gère les comptes, je tiens la maison propre. Mais qu'il ne m'en demande pas plus. C'est au-dessus de mes forces. Il aura bientôt quatre-vingts ans. Dans sept mois. Et je n'attends qu'une chose : le jour où il trépassera. Ce jour, je l'espère avec impatience. Peut-être alors que je commencerai à vivre.

2

Parfois, je feuillète les albums photo du temps où j'étais heureuse. Entre 1982 et 1990. Souvent je ris en les regardant. D'autres fois, je pleure. Les larmes montent en même temps que les souvenirs reviennent.

J'ai aussi préservé des albums d'une vie où je n'existais pas. Celui de divers mariages, dont celui de l'oncle Richard et de la tante Maryse. Celui du mariage de papa et maman, celui de leurs vacances en Bretagne en 1976, de leur séjour au ski en 1977, de la naissance de mon frère, Florian, en 1979.

Je tourne les pages une à une avec de grandes précautions car j'ai très peur de les abîmer. Ils me sont si précieux que je les conserve dans une grande caisse, à l'abri de l'humidité, chaque album enveloppé dans une serviette de coton.

Je les ai si souvent feuilletés que je pourrais énumérer l'ordre des photos les yeux bandés.

Je suis née le 11 novembre 1982. Dans l'album « Faustine », on trouve toutes sortes de clichés. De ma cadette de deux ans, Fanny, de Florian, notre aîné et bien sûr, de moi. De ma naissance, des Noëls où nos yeux scintillaient en découvrant les cadeaux tant attendus. Des anniversaires, où parfois nous avions le droit d'inviter des copains et des copines de l'école. Des souvenirs de notre chien Topaze qui prenait un malin plaisir à voler nos chaussons et à les mordiller jusqu'à ce qu'ils ne soient plus mettables. Des kermesses de l'école, des spectacles de Noël dans nos costumes faits main, de notre cochon d'Inde, kiki, qui hurlait en entendant la porte du frigo grincer parce qu'il savait que les carottes et la salade s'y trouvaient.

Chaque photo est un trésor. Dans les années quatre-vingt, le numérique n'existait pas, les pellicules coûtaient cher, on n'avait pas le droit à une deuxième chance, encore moins à une troisième. On se préparait le mieux possible avant d'appuyer sur le bouton. On prenait la pose.

Chaque image reste un trésor. Même les ratées, les floues ou encore celles où le flash n'a pas fonctionné.

Sur toutes mes photos, il n'y a que des sourires, des rires, des fous rires. Jamais je n'ai autant ri qu'à cette époque.

Mon enfance était juste synonyme d'innocence, de petits bonheurs simples et d'amour.

Après une heure de contemplation et de voyage dans le temps, je range ces huit albums qui, à mes yeux, valent tout l'or du monde. L'adage dit bien que *l'argent ne fait pas le bonheur*. Mon bonheur à moi, c'est mon passé. C'était entre 1982 et 1990.

3

Je suis morte en mars 1991, à l'âge de huit ans et demi, le jour où ma vie a dramatiquement changé. Pas une mort physique. Non. Une mort intérieure, une mort mentale. Nouvelle maison, nouvelle école, nouvelle maîtresse, nouveaux amis. De nouveaux visages partout autour de moi. J'étais perdue et apeurée. Horriblement triste aussi. Je détestais tous ces changements. Mais je ne pouvais rien faire pour les contrer.

L'unique chose positive qui m'est arrivée a été ma rencontre avec Mathieu, dans ma nouvelle classe de CE2. Il a été le seul parmi mes camarades à me regarder normalement. Sans exprimer de la pitié, sans ouvrir des yeux ronds, sans moqueries. Madame Chataigner, notre maîtresse, m'a installée à côté de lui. Je me souviens de sa gueule d'ange, de ses cheveux bruns, de ses yeux bleus plein de compassion et de son sourire auquel il manquait deux dents.

À la première récréation, les questions des autres élèves ont fusé : « Comment tu t'appelles ? Tu viens d'où ? C'est vrai ce qu'on dit ? » Avec toutes ces interrogations, je me suis sentie agressée. Je n'ai voulu répondre à aucun d'entre eux. Parce que c'était déjà assez dur de devoir accepter mon sort. Heureusement, madame Chataigner est intervenue rapidement et les questions ont cessé.

Par chance, outre le fait qu'il était mon voisin de classe, Mathieu habitait à deux rues de chez moi et nous nous retrouvions presque tous les mercredis et samedis après-midi. Lui aussi était arrivé en cours d'année et il ne s'était pas encore réellement forgé des amitiés. Nous nous sommes donc unis par la force des choses. Pourtant, dès les premiers instants, j'ai su qu'il serait l'un des êtres les plus importants de mon existence. Et il l'a été, pendant de nombreuses années. Il a été mon meilleur copain, mon confident, mon frère de cœur.

C'était comme si j'avais reconnu un ami de longue date et que nous nous étions retrouvés après un temps indéfini.

Grâce à lui, je suis parvenue à surmonter bien des obstacles. Petit à petit, ma vie a recouvré un semblant de sens, quelque chose d'infime, mais quelque chose tout de même. Mathieu était la béquille qui m'aidait à marcher, le tuteur qui me maintenait debout, la cale qui m'empêchait d'être bancale. Les premières années, sa simple présence suffisait à m'apaiser. J'avais seulement besoin de quelqu'un qui serait là pour moi sans rien attendre en retour. Je crois que les enfants peuvent offrir un peu d'eux-mêmes sans espérer une contrepartie. En grandissant, cette faculté s'atténue. Parfois, elle disparaît intégralement. La règle des adultes, c'est celle du donnant-donnant. C'est le monde dans lequel nous vivons qui nous pousse à agir ainsi. Heureusement, il y a les exceptions à la règle. Je les appelle les âmes pures. Mathieu, lui, en était une. Jamais, pendant nos années d'amitié, il ne m'a demandé quoi que ce soit. Comme des amoureux qui seraient passés devant le curé, nous étions là l'un pour l'autre, dans les bons comme les mauvais moments, jusqu'à ce que la mort nous sépare. En primaire, au collège, au lycée. Puis la mort de notre amitié est arrivée, plus tôt que prévu. Sans prévenir. Ou plutôt sans que je la voie venir. Mathieu est parti poursuivre ses études à Paris et nos rencontres se sont faites de plus en plus rares. Petit à petit, nous avons perdu le contact. Petit à petit, je me suis retrouvée de plus en plus seule. Seule avec ce fardeau et ce destin dont je ne voulais pas. Petit à petit, ma vie est devenue fade.

www.les-bonnes-occases.com

Rubrique : musique

Recherche guitare

Je recherche une guitare classique acoustique en bon état. De préférence une Ranger 6 (fabrication italienne EKO) et en coloris Brown Sunburst.

Me contacter via mon profil.

The avenger

5

Il y a deux ans, alors que la journée s'annonçait banale, un événement étrange est arrivé.

Madame Québert est venue accompagnée d'une femme que je n'avais encore jamais vue dans le magasin de Mariette, spécialisé dans la vente de vêtements chics pour les anciennes générations. Comme quatre-vingt-dix pour cent des clientes, les deux femmes accusaient plus de soixante ans. Les quelques jeunes femmes qui entrent dans la boutique accompagnent leur mère ou leur grand-mère ou en ressortent aussitôt avec le rouge aux joues, signe indiscutable qu'elles s'attendaient à un tout autre genre de vêtements.

Madame Québert est l'une de nos meilleures clientes. Elle vient plus de deux fois par mois. Avec tout ce qu'elle achète, elle doit posséder une garde-robe aussi grande que celle de la reine Elisabeth II.

— Je suis venue avec ma sœur, nous a-t-elle annoncé joyeusement ce jour-là. Elle revient tout juste s'installer dans la région après plus de vingt-cinq ans ! Vous vous rendez compte ? C'est un bonheur de l'avoir de nouveau parmi nous.

— Vingt-neuf ans exactement, l'a corrigée sa sœur.

Madame Québert a jeté son dévolu sur une jolie chemise en satin bleu clair. Elle est petite et menue, mais aussi bossue, si bien que chaque pièce qu'elle achète doit être reprise. Elle est sortie de la cabine d'essayage et, comme toujours, je suis arrivée avec mon mètre enroulé autour du cou et un porte-épingles accroché à mon poignet.

— Je te présente Faustine. Elle a des doigts en or !

J'ai brièvement souri aux deux dames et j'ai commencé à épingler la chemise pour lui donner une forme appropriée.

La sœur de madame Québert observait ce que je faisais. J'ai l'habitude qu'on me regarde travailler. Cela me mettait mal à l'aise au début, mais ne me dérange plus aujourd'hui.

Cependant, le regard de la vieille dame est devenu insistant et j'ai rapidement remarqué que ce n'était pas mon travail qu'elle regardait avec attention, mais ma physionomie.

— J'ai l'impression de vous connaître, Faustine. Ne nous sommes-nous pas déjà rencontrées ?

— Ne dis pas de bêtises, Yvonne ! a répliqué madame Québert. Faustine était toute petite quand tu as quitté la région.

Malgré cette remarque, la vieille dame ne m'a pas lâchée du regard, plissant les yeux, comme si elle cherchait à lire une réponse sur mon visage.

— Peut-être à Marseille ?

— Je n'y suis jamais allée, ai-je poliment répondu.

Elle a froncé les sourcils, a affiché une moue dubitative, puis a fait le tour du magasin pendant que je terminais de prendre les mesures.

— C'est magnifique, n'est-ce pas ? a dit Mariette en voyant sa nouvelle cliente potentielle s'intéresser à une pièce en particulier. C'est la dernière veste. Toutes les autres ont déjà été vendues.

Mariette est une commerçante hors pair. Elle a l'art et la manière de mettre les vêtements en valeur en les assemblant avec les bons accessoires. Bienveillante de nature, elle conseille toujours ses clientes avec sincérité. Combien de fois l'ai-je entendu dire : « On ne prend pas les gens pour des imbéciles. Si une cliente est mal fagotée, crois-moi qu'il y aura toujours une vieille bécasse pour le lui dire. Le respect commence par la vérité ! » Je crois en effet que la franchise de Mariette a payé car il n'y a pas plus fidèle que sa clientèle.

J'ai aidé madame Québert à ôter la chemise sans que les épingles la piquent. Elle est repassée en cabine pour se changer pendant que je mettais la pièce sur un cintre en prenant soin de ne pas perdre les marques que j'y avais apposées pour les retouches. En ressortant, elle s'est adressée à sa sœur.

— Je suis prête ! On peut y aller.

Mais juste avant de partir, cette dernière est revenue à la charge.

— Je suis convaincue que je vous connais, Faustine. Je perds peut-être la tête avec l'âge, mais j'ai une très bonne mémoire des visages. Je n'arrive pas à m'en souvenir aujourd'hui, mais cela me reviendra !

Sur ces paroles, les deux femmes sont sorties du magasin, bras dessus, bras dessous.

6

La mère de Mathieu est décédée l'année dernière, à l'âge de soixante-neuf ans. Elle a fait un AVC. Je me suis rendue à son enterrement, non seulement parce que je l'aimais beaucoup, mais aussi parce que je voulais revoir Mathieu. J'y suis allée le cœur battant et avec beaucoup d'appréhension. Avait-il changé ? Comment allait-il ? Serait-il accompagné d'une femme ? Était-il devenu père ? Combien d'enfants pouvait-il bien avoir ? Une fille ? Un garçon ?

Je l'ai reconnu immédiatement. Vingt années avaient passé mais il était resté le même. Le temps avait même plutôt l'air d'avoir joué en sa faveur. De petites rides marquaient son visage, sa chevelure brune présentait quelques cheveux blancs parsemés sur ses tempes. Les premiers signes de vieillesse lui allaient bien. Je ne pouvais pas en dire autant ! Mon physique ne s'était pas amélioré au fil des années et je portais sur mon visage les marques de mon fardeau. Je n'ai jamais mis les pieds dans un salon de beauté. Je ne prends rendez-vous chez le coiffeur que lorsqu'il le faut, pour épointer mes longs cheveux que je relève presque toujours en un chignon mal fait. Je ne me maquille pas. Je m'habille simplement. La mode me passe au-dessus de la tête, mais je fais quelques efforts lorsque je suis au magasin de Mariette. À la maison, je me contente d'un jean et d'un t-shirt. En hiver, j'y ajoute un pull pour ne pas attraper froid. Je ne porte jamais de talons. Je préfère les sneakers en été et les bottines pour les saisons plus humides.

    Madame Roger, la mère de Mathieu, était une femme très douce, très discrète aussi. Je la croisais de temps à autre en faisant mes courses, au marché ou encore à la boulangerie. Nous nous saluions toujours, parfois nous échangions quelques mots. Jamais je ne lui demandais de nouvelles de Mathieu et elle ne m'en donnait pas non plus. Elle connaissait mon passé. Lorsque j'étais enfant, elle m'accueillait toujours chaleureusement chez eux. Je crois qu'elle me considérait un peu comme la fille qu'elle n'avait jamais eue. À onze ans, je lui avais demandé de m'adopter. J'aurais vécu avec le garçon que je considérais comme mon frère et j'aurais eu une femme adorable comme maman. Pas de père, car son mari l'avait quittée quand Mathieu avait deux mois. Mais ce rêve ne s'est jamais réalisé. « Tu as déjà une famille » m'avait-elle répondu. Dans un sens, elle n'avait pas tort et j'avais dû admettre qu'il ne me serait jamais possible de faire partie de la leur.

    Le cimetière n'était pas bondé, mais je suis restée à l'écart, laissant les proches de la défunte se recueillir entre eux. Ils n'étaient pas très nombreux. J'ai observé la scène de loin, depuis une autre tombe. Puis, comme s'il avait senti ma présence, Mathieu a levé la tête dans ma direction. J'ai cru discerner un sourire sur son visage. J'ai espéré qu'il était heureux de me voir, malgré la tristesse. Après l'inhumation, il s'est approché. Nous nous sommes regardés longuement, les mots nous ont manqué. Que dire après tant d'années ? Que dire dans de telles circonstances ?

— Mes condoléances pour ta maman.

Il a souri en pinçant les lèvres, a baissé les yeux sur la tombe qui nous séparait. Un ange est passé.

— Tu veux venir à la maison ? Il y aura du café et des biscuits. Nous ne sommes pas beaucoup, comme tu peux le constater.

J'ai refusé. Je ne me sentais pas à ma place à ce moment précis. Trop d'eau avait coulé sous les ponts.

— Tu restes longtemps ici ?

— Je ne sais pas encore si je vais repartir.

Son annonce a provoqué un *boum* dans mon cœur et je crois que cela s'est vu dans mon regard. Mes yeux aussi ont fait *boum*.

— Je t'appelle.

Puis il est parti rejoindre ses proches, les mains dans les poches de son manteau, le col relevé pour que le vent ne s'engouffre pas dans son cou. Je l'ai regardé sortir du cimetière, j'ai pensé un instant dire au revoir à sa mère, mais je me suis abstenue. J'ai posé les yeux sur la tombe qui était devant moi. J'y ai relu les inscriptions pour la énième fois. Ce nom de famille qui est le mien : Jullien. Puis, à mon tour, je suis rentrée.

7

C'est dimanche. Mes doigts glissent sur le clavier de mon ordinateur. Comme souvent en ce jour de la semaine, j'écris des mots pour soigner mes maux. Des textes que personne ne lira jamais. Ça ne regarde que moi, toutes ces choses que j'ai dans la tête. Avec le temps, je finis par ne plus savoir si ces histoires sont vraies ou si elles ne sont que le reflet de mon imagination. C'était il y a tellement longtemps. Presque dans une autre vie. Ces images, dans ma tête, sont tantôt très nettes, tantôt si floues. Je préférerais que ce soit mon imagination qui me joue des tours, mais ces souvenirs et ces blessures, je ne les ai pas inventés.

Pendant mes jours de repos, je noircis des pages entières. Je n'ai aucun talent. Peu importe, je n'en ferai jamais un livre. J'ai juste besoin d'évacuer tout ce qui me ronge de l'intérieur.

Quelque chose gratte à la porte de la cuisine. Je relève la tête et aperçois Minou, mon petit compagnon depuis trois ans, avec une souris dans la gueule. Je me lève et le laisse entrer.

— Tu es allé chasser ?

La souris est encore vivante et le chat prend un malin plaisir à jouer avec. Il la laisse s'enfuir puis la rattrape. Il répète sans cesse ce petit jeu, passant la petite bête gentiment d'une patte à l'autre, comme quand on joue au flipper, mais sans jamais la blesser. Il jouera encore plusieurs minutes avec elle avant de la tuer et de l'abandonner sur place. Il ne la mangera pas. Son unique but aura été de se faire plaisir.

À chaque fois que j'observe cette scène, je ne peux m'empêcher de repenser à cet hiver où tout a basculé. Je rêvasse un moment, les yeux perdus dans le néant. Des flashs me traversent l'esprit. La peur m'envahit. Mon souffle s'accélère. J'ai besoin d'air. Je me lève, enfile un blouson et sors. Dehors, le temps s'est obscurci, d'épais nuages cachent le ciel bleu. De grosses gouttes d'eau s'écrasent maintenant sur le sol. J'ai l'impression qu'il pleut toujours, ici. J'attrape en vitesse le parapluie à côté du portemanteau. C'est le temps parfait pour se promener. La pluie nettoie toutes les saletés. Si seulement elle pouvait aussi décrasser mes souvenirs.

8

www.les-bonnes-occases.com

Rubrique : divers

Recherche fusil

Je recherche un fusil de chasse standard avec une crosse pistolet en noyer. Je possède un permis de chasse valide.

Me contacter via mon profil.

The avenger

9

Mathieu est venu me rendre visite quelques jours après l'enterrement. Ou disons plutôt qu'il est venu me chercher, comme il le faisait dans notre jeunesse.
— Tu sors ?
— J'arrive.
Il avait son vélo. Je ne lui ai pas posé de questions, je suis sortie par la porte du garage avec le mien. Nous avons roulé plus de quinze minutes sans parler. Sans nous donner de direction. Nous savions tous les deux que nous nous rendions au vieux chêne, dans un pré situé à quelques kilomètres du village. C'était là que nous passions des heures à refaire le monde. Souvent, allongés dans l'herbe, nous regardions les branches se balancer au rythme du vent. Nous écoutions les oiseaux qui chantaient, cachés entre les feuilles, libres comme l'air. Parfois, nous fermions les yeux et avions l'impression de sentir la Terre tourner.
En arrivant, Mathieu s'est assis dos contre le chêne.
— Je n'ai pas mis les pieds ici depuis des décennies.
Je me suis installée à côté de lui.
— Je viens souvent, moi.
Il m'a pris la main, a entrecroisé ses doigts avec les miens. Un sourire m'a échappé. Que c'était bon de l'avoir de nouveau près de moi.
— Alors comme ça, tu vis toujours ici ?
— Toujours.

Il a soupiré, m'a avoué se sentir honteux de ne jamais être venu me voir. Il pensait que j'étais partie loin de Charentin, loin des mauvais souvenirs, loin de ce père que j'avais toujours renié. Il espérait que j'avais refait ma vie ailleurs, que j'étais parvenue à oublier. Je lui ai répondu que je ne pourrais jamais oublier.

— Pourquoi tu ne retournes pas à Paris ?

— J'ai plusieurs choses à régler. Je pense m'installer dans la maison de ma mère. J'en ai un peu marre de la vie parisienne. J'en ai fait le tour.

— Qu'est-ce que tu comptes faire, ici ?

— Chercher un travail. Prendre le temps de te voir un peu plus.

J'ai baissé la tête. Mathieu a toujours été le seul à me comprendre, à tout connaître de moi. S'il décidait de rester à Charentin, ce serait une vraie aubaine.

— Tu m'as manqué, Faustine.

J'ai posé ma tête sur son épaule et, pendant une heure, nous avons profité de l'instant présent et du bonheur d'être de nouveau réunis.

10

1990

Je me rappelle particulièrement bien nos dernières vacances ensemble. La mémoire s'efface avec le temps, mais j'y ai ancré certains souvenirs, pour ne jamais oublier. Je me les suis répétés jusqu'à ce que les images et les odeurs se gravent pour toujours dans mon cerveau. Je ne veux pas oublier que nous avons été heureux. Qu'il y a eu un *avant*. Pour que *l'après* soit plus facile à supporter.

Cet été-là, mes parents avaient loué un appartement dans le Sud de la France. Je me souviens de la puissance des vagues qui me faisait peur, de la chaleur étouffante de ces plages bondées, des pastèques que nous achetions sur le marché, des bobs que nous portions sur la tête pour ne pas souffrir d'insolation, des promenades que nous faisions le soir à la tombée de la nuit, de l'odeur de la lavande, de la chambre où je dormais avec Fanny et Florian, des apéros pastis des parents, des Sudistes qui se retrouvaient pour jouer à la pétanque en fin de journée, des glaces à l'italienne que nous dégustions après la plage.

Je me souviens du maillot de bain rose à pois blancs de Fanny. De Florian avec ses palmes et son tuba, convaincu qu'il finirait par trouver un trésor dans les fonds marins. Des mouettes qui survolaient nos têtes, des bateaux qui flottaient à l'horizon, de l'eau turquoise qui filait entre mes doigts. Je me souviens du sable brûlant, de ma serviette de bain multicolore sur laquelle j'avais posé le walkman que Florian m'avait prêté à contrecœur et dans lequel tournait en boucle une cassette des tubes de l'époque, dont *Pump Up The Jam* de Technotronic et *Les Valses de Vienne* de François Feldman, que j'adorais.

Je me souviens de *21 Jump Street* que nous regardions pendant le goûter, surtout de Johnny Depp que je trouvais irrésistiblement beau. De papa qui embrassait tendrement maman. Des marques de bronzage sur mon corps, des sacs de bonbons que maman nous achetait, de papa qui égayait nos soirées en jouant à la guitare des airs sur lesquels nous chantions faux, mais avec beaucoup d'entrain.

Je me souviens. Nous étions heureux.

11

Deux ans plus tôt.

Madame Québert est venue récupérer son nouveau chemisier en satin bleu, toujours accompagnée de sa sœur. Il m'a fallu une semaine pour venir à bout des retouches. D'une part, l'atelier était surchargé de pièces en attente d'être reprises, d'autre part, le satin est une matière difficile à travailler. J'étais plutôt satisfaite du résultat mais j'attendais d'en constater le rendu sur la cliente. Routinière de notre magasin, madame Québert a immédiatement pris place en cabine et, comme d'habitude, je l'ai aidée à enfiler la chemise. À ma plus grande fierté, elle lui allait à ravir. Elle n'était plus difforme et lui recouvrait bien le bas du dos.

La cliente a souri, sans aucun doute satisfaite du résultat. Mariette y a jeté un œil et en est venue à la conclusion que ce chemisier était fait pour elle.

Les vieilles dames se sont approchées de la caisse pour régler. Elles m'ont fixée longuement, silencieusement. Quelque chose de différent dans leur regard m'a mise mal à l'aise. Je connaissais cette façon de me dévisager. Je m'attendais au pire, et le pire est arrivé. Madame Québert a posé sa main sur la mienne :

— Pourquoi n'en avez-vous jamais parlé ? Je ne me doutais pas… Je suis tellement navrée, Faustine.

— Je vous avais dit que je n'oubliais jamais un visage. Ma pauvre enfant !

Mon cœur s'est serré. Je savais à quoi elles faisaient allusion. Je ne voulais pas en parler. Je voulais juste oublier. J'aurais aimé pouvoir me volatiliser, jouer un tour à la David Copperfield et disparaître.

J'aurais voulu leur dire de laisser tomber, de ne pas aborder ce sujet, que je n'étais toujours pas prête à l'évoquer. Mais mes lèvres ne parvenaient pas à bouger, elles restaient scellées.

Malgré ma réaction, elles n'ont pas lâché le morceau. La sœur de notre cliente a sorti une coupure de journal de son sac et me l'a tendue. Par automatisme, j'ai pris le morceau de papier jauni par le temps. J'en ai lu le gros titre, mes genoux se sont transformés en coton, j'ai perdu connaissance et je me suis effondrée à même le sol.

12

Extrait du journal local, le 10 mars 1991

DRAME FAMILIAL À RIZAY : plusieurs morts et une survivante.

Quatre personnes sont décédées dans un pavillon à Rizay, samedi soir dernier aux alentours de 21h. Un homme est soupçonné d'avoir tué sa femme et ses enfants.

Alertés par les voisins qui avaient entendu plusieurs coups de feu, les gendarmes ont découvert, dans la nuit du samedi au dimanche, les corps sans vie de plusieurs personnes, dont ceux d'une femme et de deux enfants, semblerait-il, âgés de 6 et 11 ans. Le père de famille est soupçonné d'avoir commis ce geste. Une fillette de 8 ans aurait survécu à ce cauchemar. Les gendarmes l'auraient retrouvée, allongée dans une mare de sang, à côté des corps inertes de son frère et de sa sœur, dans un état second. L'enfant a été prise en charge par une assistante sociale.

Les motifs de ce drame sont encore inconnus. Une enquête va être ouverte.

13

Il m'a fallu un long moment pour reprendre mes esprits. Assise sur le sofa rouge de l'arrière-boutique, je suis revenue à moi doucement. Mariette m'a tendu une tasse d'eau chaude dans laquelle trempait un sachet qui sentait la camomille. Elle s'est installée à côté de moi.

— Je suis tellement désolée, ma chérie. Je n'en savais rien !

Jamais cela ne m'était arrivé. Depuis mes débuts chez Mariette, jamais une cliente n'avait fait le lien entre cette histoire et moi. Comment la sœur de madame Québert avait-t-elle pu me reconnaître ? À l'époque, je n'avais que huit ans.

— Madame Rouzier s'excuse. Elle ne voulait pas te faire de la peine. Je crois qu'elle n'a pas trop réfléchi aux conséquences que cela pouvait avoir de te tenir de tels propos.

— Comment a-t-elle su ?

Mariette a haussé les épaules. Elle m'a prise dans ses bras, m'a étreinte fermement et m'a transféré une quantité immense d'amour, sans ajouter un mot. Elle m'a juste sommée de rentrer chez moi, m'a ordonné de me reposer tout en me précisant qu'elle serait là si je désirais en parler.

Mais je ne voulais pas en parler, je ne voulais plus y penser.

On dit que le passé finit toujours par nous rattraper. Je me demande bien pourquoi. Moi, j'essaie de le fuir depuis plus de trente ans. Je veux l'oublier. Supprimer cet épisode de ma vie de ma mémoire. Après tout, je n'ai rien demandé à personne. Je veux juste qu'on me fiche la paix.

14

Il y a des nuits où mon subconscient m'anéantit. Ces nuits-là, je me réveille avec la chemise de nuit trempée de sueur, les cheveux emmêlés par l'agitation et des crampes dans les mollets.

La raison n'en est autre qu'un rêve qui me poursuit et que je refais en boucle depuis des années. À force de le revivre, je finis par ne plus différencier le vrai du faux. Ces images qui me hantent sont-elles issues de mon imagination ou reflètent-elles mon vécu ? Je ne sais plus. Tout ce que je sais, c'est qu'elles sont courtes, répétitives et qu'elles me torturent l'esprit.

Pourtant, tout est familier. Les lieux, les personnes, les objets. Tout semble réel, aussi. Les sons, les sensations. Je n'y suis que spectatrice. J'ai de nouveau huit ans. En premier lieu, j'aperçois la maison de mon enfance, la façade, avec sa grande porte d'entrée en bois massif. Je l'ouvre, traverse un long couloir carrelé de noir et de blanc. Je me souviens que je sautais de case en case, comme je le faisais en jouant à la marelle dans la cour de récréation. Je tourne à gauche et pénètre dans le salon. Ma mère, avachie dans son fauteuil en velours marron, est occupée à broder un napperon. Elle ne me voit pas. Elle esquisse un léger sourire. À quoi peut-elle penser ?

Je ne m'attarde pas et retourne dans le couloir. Sur ma droite, j'entends de la musique. Je sais très bien ce que je vais découvrir en entrant dans la pièce d'où elle provient. C'est mon père qui gratte sa guitare. Il chantonne au rythme des notes. Lui aussi sourit. Son visage n'est que plénitude. Il est jeune, plus jeune que moi aujourd'hui. Il porte un jean large, un pull en laine beige et cette barbe qui me piquait les joues lorsqu'il me faisait un bisou.

Je poursuis ma visite et avance jusqu'au fond du couloir, en direction de voix d'enfants que j'entends et qui me sont familières. Les visages de mon frère et de ma sœur apparaissent. Le son d'une craie crissant sur un tableau noir m'incommode. Ma sœur joue à la maîtresse avec ses poupées qu'elle a installées à même le sol, les unes à côté des autres. « C'est faux, Nathalie ! Tu connais la réponse, Marie ? » Puis c'est le frottement d'un feutre sur une feuille qui attire mon attention. Mon frère, sagement assis sur une chaise dans un coin de la pièce, colorie avec une extrême précision. Rien ne peut le déconcentrer. Il sera artiste. Il l'a toujours répété haut et fort à tous ceux qui riaient de ses propos. Tout semble paisible et normal. Pourtant, je sais pertinemment que ce n'est qu'une accalmie de courte durée. Que, d'une minute à l'autre, tout va basculer.

À peine cette pensée traverse-t-elle mon esprit que je perçois des voix de plus en plus fortes émanant d'une pièce voisine. C'est une dispute d'adultes. Un homme et une femme. Mes parents. Je mets les mains sur mes oreilles pour ne pas les entendre mais cela n'y change rien. Les paroles agitées se transforment bientôt en hurlements. Florian et Fanny ne réagissent pas. Pourquoi ne paraissent-ils pas s'en rendre compte ? Soudain, un coup de feu retentit. Mon regard se dirige vers la porte. Sur le sol, du sang coule lentement vers mes pieds.

Je me réveille. Mon cœur bat à mille à l'heure.

Je ne veux plus jamais revivre ce cauchemar.

15

Le vieux sent le vieux. Si je l'aimais, je dirais qu'il sent bon le tabac froid ou que son eau de Cologne me rappelle mon enfance. Mais il n'en est rien. Ce sont plutôt les médicaments, une odeur rance et une haleine de mort qui me viennent en premier à l'esprit quand je pense à lui. C'est drôle comme tout peut devenir agaçant quand on n'aime plus une personne.

Mon vieux m'horripile. Certains de ses gestes me dégoûtent, comme lorsqu'il mastique trop bruyamment, la bouche ouverte ou lorsqu'il se racle la gorge dix fois de suite. Il me répugne lorsqu'il se mouche avec un mouchoir en tissu à carreaux qu'il remet en boule et qu'il renfourne dans la poche de son gilet. Lorsqu'il passe ses journées à écouter des émissions à la radio, le volume à fond. Ça aussi, ça me fatigue.

Si je l'aimais, je m'en foutrais. Parce que l'amour est plus fort que tout et parce que, quand on aime, on ne compte pas. On accepte.

Je me souviens que mon grand-père faisait les mêmes gestes au même âge. Mais lui, je l'aimais à l'infini.

Il y a déjà longtemps que je n'aime plus mon père. Je ne sais plus quand ça a commencé exactement. Ce qui est certain, c'est que j'en suis venue à le détester. Parce qu'il y a des barrières à ne pas dépasser. Parce qu'il y a des barrières qu'il n'aurait pas dû dépasser.

www.les-bonnes-occases.com

Rubrique : divers

Recherche vieilles photos

Je recherche des photos de famille des années 1930 à 1970, de forme carrée, en noir et blanc.

Me contacter via mon profil.

The avenger

17

Depuis son retour et dès que nous le pouvions, Mathieu et moi rattrapions le temps perdu. Je ne savais plus rien de lui. Lui, plus rien de moi. C'était comme le rattrapage du bac, sauf que c'était celui de nos vies.

Après le lycée, Mathieu est entré dans une école de théâtre et d'art dramatique parce que son rêve était de devenir comédien. À l'issue de trois ans de formation, il a commencé par se présenter à des castings, à passer des auditions en tout genre pour se familiariser avec le milieu, à prendre contact avec beaucoup de personnes pour donner du volume à son réseau. Mais ses débuts n'ont pas été mirobolants. Il s'est d'abord pris des portes au nez, a dû digérer des flots de réponses négatives parce qu'il était trop jeune, trop grand ou trop peu expérimenté. Puis, petit à petit, à force de persister, des portes se sont ouvertes. « Des portes de souris », comme il dit. Parce qu'il s'agissait au départ de sketchs qu'il jouait dans des bars peu fréquentés, avec un public qui se comptait sur les doigts des deux mains, souvent gratuitement même, pour gagner en expérience et se faire connaître un peu. Un jour, il a été repéré. Une offre inespérée qui tombait à pic. Il était sur le point de tout plaquer. « La galère, c'est de ne pas pouvoir vivre de son métier ! ». À l'époque, il avait déniché un appartement minuscule qu'il partageait avec deux autres gars. La colocation, c'était son échappatoire. Jamais il n'aurait survécu seul dans ce monde parisien où tout était hors de prix et inaccessible. Parfois, il enchaînait les petits boulots pour payer ses factures, car jouer la comédie ne lui rapportait pas suffisamment. Mais le jour où il a été repéré par un certain Claude Barrot, un metteur en scène connu, sa carrière est montée en flèche. Les projets affluaient plus vite qu'il ne pouvait les accepter. Il commençait à percevoir un avenir devant lui. Il pouvait enfin vivre de ce métier dont il avait tant rêvé. Les salles de théâtre lui sont alors devenues familières, tout comme les personnes du milieu. Puis, il y a eu le jour où il a vu son nom exposé en tête d'affiche. Ce jour-là, il a su qu'il avait atteint l'objectif qu'il s'était fixé. Des années plus tard, il a eu envie de passer de l'autre côté des planches et a endossé le rôle du metteur en scène, grâce à Claude Barrot, qui, encore une fois, lui a enseigné toutes les ficelles du métier.

Ensuite, Mathieu m'a raconté ses découvertes de la capitale. Lui qui aime tant les arts et la culture française a été gâté avec les musées, les expositions, les monuments religieux. Une fois par mois, pendant vingt-et-un ans, il s'est offert une visite culturelle. J'ai compté : cela fait plus de deux cents cinquante découvertes en tout. Ça m'impressionne, moi qui n'ai que rarement mis les pieds dans les musées et les églises. Il n'y a que celle de notre village que je connais bien, parce qu'elle ouvre ses portes à chaque fois que quelqu'un part dans l'autre monde. Et j'en connais un paquet, de personnes parties le rejoindre.

Mathieu a eu plusieurs relations : des histoires d'une nuit, d'autres de quelques semaines, deux de quelques mois et une de plusieurs années. La dernière s'appelait Annabelle, elle avait son âge et était aussi comédienne. Ils ont fait connaissance sur les planches. Ils se sont donné la réplique pendant plusieurs mois, puis le jour de la dernière représentation, il lui a avoué ses sentiments. Ils sont restés plus de dix ans ensemble. Ils se sont aimés comme on aime la première fois. Ils se sont aimés comme ils n'avaient encore jamais aimé.

Mathieu m'a raconté les dernières années de sa vie, celles que je n'ai pas pu suivre, comme s'il me lisait un roman. J'ai écouté son histoire, les yeux écarquillés, de la même manière que lorsque maman me racontait celle du *Petit Poucet* avant de m'endormir. J'ai bu ses paroles. J'ai laissé échapper une pensée :

— J'aurais aimé vivre une existence aussi enrichissante que la tienne.

— Il n'est jamais trop tard.

Il se trompe. Je n'ai jamais pu me reconstruire depuis le drame. Le bonheur, je le laisse aux autres. De toute façon, en quoi ma vie pourrait-elle devenir meilleure ?

Puis, il m'a posé une question :

— Et toi, tu n'es jamais tombée amoureuse ?

18

Je n'ai pas laissé entrer beaucoup d'hommes dans ma vie. Le seul qui l'a partagée pendant un certain temps s'appelait Brice. Je l'avais rencontré un 14 juillet, lors de la fête nationale où je m'étais rendue dans le seul but d'assister au feu d'artifice.

J'ai toujours aimé les feux d'artifice. Ces explosions de couleurs qui illuminent la nuit. Les bruits des fusées qui montent haut dans le ciel avant de provoquer les exclamations d'un public époustouflé par la splendeur du spectacle. Entendre les « oh », les « ah » des spectateurs et toujours la bonne vieille blague de « oh, la belle bleue ! » alors que ce sont des lumières vertes et rouges qui s'étalent sous les étoiles. C'est un moment de rêve et d'enchantement. Un retour en enfance. Quelques minutes d'insouciance.

J'ai immédiatement succombé au charme de Brice, sûrement à cause de ses talents de dragueur et de sa démarche nonchalante. Il avait également un sourire à tomber par terre auquel je n'ai jamais su résister. Ses cheveux châtain clair, mi-longs et souples lui donnaient un air de Terence Hill.

J'avais vingt-trois ans et quasiment aucune expérience en matière de relation. C'était par choix que j'avais gardé mes distances avec la gent masculine, mais Brice a éveillé en moi des désirs que je repoussais depuis longtemps. La femme que j'étais devenue avait aussi besoin de tendresse et d'amour. Une brèche s'est ouverte dans mon cœur. Je me suis laissé envoûter.

    Brice était certes un grand charmeur, mais lorsqu'il avait jeté son dévolu sur quelqu'un, il ne tournait plus autour des autres femmes. Protecteur de nature, son attitude m'avait réconciliée avec toutes les idées négatives que je m'étais faites de la vie de couple. Nous nous sommes même installés ensemble quelque temps après notre rencontre. Une nouvelle vie commençait. Pour la première fois depuis des années, j'avais l'impression de revivre. La confiance en les autres revenait aussi, petit à petit. Même si je me balançais encore, telle une funambule sur sa corde, à plusieurs mètres de hauteur, j'appréhendais de moins en moins la chute. Moi aussi j'avais droit au bonheur et j'ai fini par croire que la providence avait mis Brice sur mon chemin.

    Il me semble que nous étions heureux. Nous l'avons été pendant de longs mois, c'est certain.

19

En ce 9 mars 1991, j'aurais dû mourir en même temps que ma mère, mon frère et ma sœur. L'enquête de police n'a rien révélé de plus que ce que l'on savait déjà. Il a été conclu que mon père avait été pris d'un coup de folie. La raison de son geste est restée inconnue. Certainement une histoire d'argent, de sexe ou quelque chose du genre. Mais après tout, qu'est-ce que ça changerait de savoir le pourquoi du comment ? Absolument rien. Ça ne fera pas revenir ma famille. Maman ne vieillira jamais. Fanny et Florian ne deviendront jamais adultes. Quant à moi, je garderai pour toujours ces images horribles dans la tête. Ce sang. Ces corps inertes. Ma famille.

Mon père n'a jamais été violent. Jamais nous n'avons été giflés, mon frère, ma sœur ou moi. Il se disputait bien, de temps à autre, avec maman, mais tous les deux s'aimaient profondément. Et je sais qu'il nous aimait aussi. Alors ce geste, je n'ai jamais pu le comprendre. Mon père n'aurait jamais fait de mal à sa famille.

Mes souvenirs sont assez troubles. J'ai eu tant d'années pour me remémorer ces derniers instants. Tout autant de temps aussi pour imaginer ce qu'aurait pu être notre vie si rien de tout ça ne s'était passé. Comment séparer l'imagination et la réalité ? Mes souvenirs de petite fille sont-ils réels ou seulement le fruit de mon imagination ? Même moi, je finis par ne plus savoir. Pourtant, il y a ces bribes qui me hantent et je ne doute jamais de leur véracité.

Lorsque le deuxième coup de feu a retenti, j'avais le nez plongé dans la BD *Tintin et les cigares du pharaon.* Je n'ai pas eu le temps de réagir qu'un troisième coup était tiré. Mon frère, à ce moment-là, est tombé sur moi. Son corps a agi comme un bouclier et la balle qui m'était destinée ne m'a pas atteinte comme elle l'aurait dû. Une éraflure, une simple éraflure au bras. Mais la chute de mon frère m'a assommée et j'ai perdu connaissance. Je n'ai entendu ni le quatrième coup, qui a touché ma sœur, ni le cinquième, que mon père s'est tiré dans la tête.

Ce 9 mars 1991, j'ai tout perdu. Ma mère, mon frère, ma sœur et mon père.

20

La semaine qui a suivi le drame, il a été décidé que, plutôt que de me placer dans un orphelinat ou dans une famille d'accueil, je serais mieux avec des proches. C'est ainsi que je me suis retrouvée chez mon oncle Richard, ma tante Maryse et mon cousin Alexis, qui avait le même âge que Florian.

L'oncle Richard est le frère aîné de papa. Avant d'habiter chez eux, je me souviens de lui comme d'un tonton plutôt gentil, pas très bavard. D'un homme mince, approchant de la quarantaine, à la calvitie très avancée, les seuls cheveux résistants se situant sur les côtés et l'arrière de sa tête. Il portait aussi la moustache. Il était châtain clair avec des reflets roux. Avec papa, ils dirigeaient une entreprise familiale de plomberie. À l'époque, ils employaient cinq ouvriers, dont Jo, un jeune homme que je trouvais très beau et qui m'offrait toujours un bonbon lorsqu'il me rencontrait.

Tante Maryse était une femme très gentille également, mais plutôt simple d'esprit. Elle était assez corpulente, aimait la cuisine et le jardinage. À cette époque, elle était femme au foyer. Maman et elle s'entendaient bien. Quand je vivais encore avec ma famille, nous nous voyions tous au moins une fois par mois pour déguster un des délicieux gâteaux que ma tante avait concocté.

Je les aimais bien mais pas suffisamment pour vouloir vivre avec eux. Je ne voulais ni d'une nouvelle famille, ni d'une nouvelle chambre, ni d'un nouveau lit. Je ne souhaitais qu'une chose : retrouver ma vie d'avant, celle où j'avais mon papa, ma maman, mon frère et ma sœur.

Pourtant, on ne m'a pas laissé le choix. Il fallait bien que quelqu'un me prenne sous son aile. Et à bien y réfléchir, il valait mieux que ce soient mon oncle et ma tante plutôt que des inconnus. Ils habitaient à dix kilomètres de chez nous. Je suis donc restée dans la même région et pourtant, tout mon environnement a changé du jour au lendemain. En l'espace de quelques secondes, j'étais devenue orpheline.

Après le drame, j'ai cessé de parler. Pendant plusieurs semaines, mes lèvres ne se sont pas déliées. Je ne répondais aux questions qu'on me posait que par des signes de tête. J'étais la survivante du drame de Rizay, mais pire encore, je luttais pour survivre à l'affreuse réalité de ma vie. Ma tante me cajolait et faisait son possible pour être la plus douce des femmes avec moi. Pourtant, ses essais pour me rassurer m'effrayaient. Je ne voulais pas d'une deuxième maman. Il ne pourrait jamais y en avoir une autre.

Mon oncle, lui, m'observait d'un mauvais œil, je sentais son regard sur moi, que je ne savais pas définir à cet âge-là. Mais j'avais le sentiment que je le dérangeais. Peut-être que je me faisais des idées. Après tout, il avait perdu son unique frère et se retrouvait seul avec la gestion de leur entreprise.

Quant à mon cousin Alexis, je n'avais aucune affinité avec lui. De toute façon, jamais il ne remplacerait Florian. Jamais !

21

— Pourquoi tu ne m'as jamais rendu visite à Paris ?

Je hausse les épaules tout en avalant une gorgée de mon jus de fruits. Il fait beau. Assise à la terrasse d'un café en compagnie de Mathieu, la douceur printanière illumine mon visage. J'aime sentir le soleil sur ma peau. Au printemps, tout éclot : les plantes, les fleurs, les feuilles. Les insectes et les animaux se réapproprient les lieux. La vie reprend. Et moi, j'ai l'impression de reprendre vie.

— Tu ne m'as jamais dit de venir.

Il esquisse un sourire et goûte à son tour à une bière fraîchement décapsulée. Parfois nous restons de longues minutes sans rien dire. C'est naturel entre nous. Il n'y a pas de gêne. La communication ne réside pas que dans les paroles, mais aussi dans les gestes, bien souvent dans les regards et également dans nos silences. Mathieu et moi nous connaissons si bien que nous n'avons pas toujours besoin de nous parler.

J'aime le silence. J'aurais pu mener une vie monacale. J'imagine qu'à force de prier et de me replier, j'aurais fini par faire la paix avec les autres et avec moi-même. Je peux passer des heures à me taire et à écouter ce qui m'entoure. Je regarde les oiseaux voler, les abeilles butiner, les feuilles des arbres osciller, les nuages passer leur chemin. J'observe souvent le ciel en pensant à ma famille. Existent-ils dans un « ailleurs » ? Les reverrai-je après la vie ? Pensent-ils à moi de là où ils sont ? M'attendent-ils ?

— Tu te demandes parfois ce que tu serais devenu si tu avais connu ton père ?

Les mains posées sur sa bouteille, Mathieu plisse les yeux et me fixe. On dirait qu'il essaie de lire en moi.

— Pourquoi tu me poses cette question ?

— Parce que moi, je me demande souvent ce qu'aurait été ma vie si mon père n'avait pas pété un plomb !

Mathieu soupire. Pendant quelques secondes, il reste plongé dans ses pensées. Quand il revient à nous, il me livre sa vision des choses :

— Ma vie est très bien comme elle est. Les épreuves nous font grandir. Si nos pères avaient été là, peut-être que nous ne nous serions jamais rencontrés.

Il n'a pas tort. Si j'avais grandi avec ma famille, je ne serais jamais venue à Charentin, je ne me serais jamais assise à côté de lui dans la classe de madame Chataigner, je n'aurais jamais su qu'un garçon formidable vivait à seulement dix kilomètres de chez moi.

Sa phrase semble banale et pourtant elle est remplie d'amour. Instinctivement, j'attrape mon téléphone et prends une photo de lui, sans le prévenir. Une simple envie de graver cet instant dans ma mémoire.

— Fais voir ! Oh, la gueule !

J'éclate de rire. Ses yeux sont à moitié fermés, sa bouche bizarrement ouverte.

— T'as raison, t'as une sale tronche ! Ça me rappelle quelque chose.

Je fouille dans mon portefeuille en quête d'une vieille photo de nous deux, prise l'année de nos seize ans dans un Photomaton.

— J'en ai un bordel, là-dedans. Attends.

Je sors tout un tas de papiers et de clichés que je trie un à un, puis je lui tends l'objet de ma recherche. À son tour, il explose de rire en la voyant.

— C'est moi, ça ? s'exclame-t-il en me l'arrachant des mains.

À ce moment-là, nous sommes deux adolescents. Nous avons de nouveau seize ans. Je ne sais pas si le hasard fait bien les choses ou non, mais ce qui est sûr, c'est que le destin a bien fait de m'envoyer Mathieu. Comment aurais-je avancé sans lui ?

Nous passons en revue les autres photos que j'ai en ma possession en riant de bon cœur lorsqu'un coup de vent balaye un morceau de papier et le dépose devant lui. Mathieu s'en saisit et le lit. Son sourire s'envole instantanément. Il m'interroge.

— Qu'est-ce que c'est ?
— Une coupure de journal.
— Mais encore ?

Je la récupère.

— Je l'ai trouvée dans les affaires de mon père. Ça m'a paru étrange. Pourquoi avait-il découpé cet article de journal ? Tu crois que ça lui a donné des idées ? C'est arrivé juste quelques mois avant…

— Avant quoi ?
— Avant qu'il nous tue.

22

Lorsque j'étais petite, mon père représentait tout pour moi. Il était le plus grand. Le plus fort. Le plus beau. J'ai sûrement dû éprouver un soupçon de jalousie à l'égard de ma mère lorsqu'il la prenait dans ses bras et l'embrassait langoureusement. Pourtant, elle aussi, je l'aimais. Mais mon père, je l'aimais par-dessus tout.

J'ai dressé la liste des choses dont je me souviens et qui me plaisaient en lui. Il possédait un sens de l'humour certain. Sans cesse un léger sourire aux lèvres et des yeux qui riaient naturellement. Il se montrait tendre, toujours attentionné et bienveillant avec moi. Il me poussait très haut sur la balançoire. Il avait une jolie écriture italique. Lorsque je vois aujourd'hui quelqu'un produire des lettres penchées, je pense toujours à lui. Il répondait sans hésitation présent quand on lui demandait de l'aide. Il affichait un goût prononcé pour l'aventure : le camping sauvage, le saut en parachute, le canyoning. Il aimait allumer des feux de camp sur la plage et admirer les flammes pendant que les vagues berçaient ses oreilles. Avec lui, je ramassais les légumes et les fruits de notre potager, je me promenais le dimanche le long de la rivière et il me portait sur ses épaules lorsque mes jambes ne le pouvaient plus. Dessinateur à ses heures, il réalisait des croquis au crayon à papier qui me semblaient être les plus beaux de la terre entière.

Un artiste dans l'âme, entre le dessin et la musique, à laquelle il consacrait une grande partie de son temps. Il n'était pas piètre chanteur, mais c'étaient surtout ses doigts qui glissaient sur les cordes de sa guitare avec habileté. Il fredonnait des airs connus, ceux qu'on entendait passer à la radio, ceux qu'on lui demandait de nous jouer. Il était pourvu d'une oreille musicale inouïe dont j'ai hérité.

Mon père et ma mère se complétaient bien. Il connaissait le nom de chaque oiseau, elle savait donner le nom de chaque fleur et de chaque plante. Il me racontait des histoires sorties de son imagination, elle me narrait celles des frères Grimm. Il ne savait pas cuisiner, elle montrait un vrai talent pour les bons petits plats. Il était habile au maniement des instruments de musique, elle l'était pour toutes sortes de travaux manuels. Ils étaient comme les pièces d'un puzzle, ils s'assemblaient à merveille. Et moi, je les admirais.

23

Il ne me reste pratiquement rien de ma vie d'avant, de l'époque où j'étais heureuse. Je n'ai pas pu garder beaucoup de choses après le drame : j'étais trop petite et trop perturbée pour m'occuper de tout cela.

Pourtant, certains objets m'ont été remis à ma majorité. Je crois que c'est ma tante Maryse qui avait fait du tri dans les affaires de mes parents. Le jour de mes dix-huit ans, elle est venue dans ma chambre et m'a demandé de la suivre dans le grenier.

— J'ai quelque chose pour toi.

Elle a désigné un grand coffre en bois et a ajouté :

— Il est ouvert. C'est tout ce que j'ai pu conserver. Je te laisse découvrir son contenu. Si tu as besoin de quoi que ce soit, tu me trouveras dans la cuisine. Bon anniversaire, ma chérie.

Elle est sortie et m'a laissée seule avec mon passé. Je me suis agenouillée face à ce coffre devant lequel j'étais passée des dizaines de fois sans jamais me demander ce qu'il pouvait contenir. De toute façon, il avait toujours été cadenassé. Mes mains tremblaient, mon cœur cognait contre ma poitrine. J'ai pris mon temps pour l'ouvrir et pour découvrir les trésors qu'il renfermait. J'ai bien dû rester plus de trois heures à me recueillir et à essayer de me remémorer la dernière fois que je les avais vus. J'ai tout de suite su à qui ils avaient appartenu.

Le premier objet que j'ai sorti était la guitare de mon père. À l'instant même où mes doigts l'ont frôlée, mon cœur s'est emballé. En amour, on aurait parlé d'un coup de foudre, mais c'est un coup de blues que j'ai eu. Une tristesse immense m'a envahie. À ce moment précis, je n'aurais pas su dire quel sentiment primait au fond de moi. La nostalgie du passé, le chagrin d'avoir tout perdu, la douleur des dernières images qui me revenaient à l'esprit ? J'ai posé l'instrument sur le sol, je me suis allongée à côté, l'enserrant de mes bras comme si c'était une personne, et je l'ai étreint très fort. Un torrent de larmes que je n'ai pas pu retenir s'est alors déversé. Lorsque, bien des minutes plus tard, j'ai enfin repris mes esprits, je me suis assise en tailleur, j'ai empoigné la guitare et un frisson m'a parcouru le dos. La toucher, douze ans après lui, représentait un moment si intense. J'ai gratté les cordes, elles ont sonné faux.

Tout au fond des cartons, il y avait huit albums photo. Je les ai feuilletés un à un, j'ai humé leurs odeurs d'avant, j'ai pleuré en redécouvrant les visages de mes proches que je pensais avoir oubliés. Chez la tante Maryse et l'oncle Richard, il n'y avait que très peu de photos. Toutes celles de ma famille avaient été enlevées lors de mon arrivée chez eux. C'était l'assistante sociale qui le leur avait conseillé, pour éviter d'aggraver mon traumatisme. Alors, retrouver maman, papa, Florian et Fanny douze ans plus tard, ça n'avait pas de prix.

Pourtant, parmi tous ces objets auxquels j'étais fondamentalement attachée, il y en avait certains auxquels je ne m'attendais pas : les portefeuilles respectifs de mes parents, leurs alliances, leurs pièces d'identité, un pendentif en or. Puis, en fouillant dans leurs affaires personnelles, j'ai trouvé un article de journal découpé qui m'a fait froid dans le dos. Son contenu avait un arrière-goût de déjà-vu. Et pourtant la date prouvait que tout s'était passé avant.

Le 20 septembre 1990

L'IMPENSABLE FOLIE D'UN PÈRE

Un drame aussi épouvantable qu'imprévisible. La découverte, mercredi soir, des corps de quatre membres d'une même famille dans un pavillon de la banlieue bruxelloise. Alors que les voisins pensaient à un départ en vacances en raison des volets fermés, le silence de la maison cachait en réalité une tragédie. Alertés par la nourrice qui s'inquiétait de ne pas avoir de nouvelles, les pompiers ont découvert la mère et les enfants allongés dans leurs lits. Selon les résultats des autopsies communiqués hier par le parquet de Bruxelles, les trois victimes seraient mortes étouffées. Après avoir tué ses proches, le père a ensuite mis fin à ses jours en avalant plusieurs produits toxiques entreposés dans le garage. Les faits se sont vraisemblablement produits samedi dernier. Pour le moment, les raisons d'un tel acte restent inexpliquées. Il s'agissait d'une famille appréciée dans le quartier et apparemment sans histoires.

Pourquoi mon père gardait-il cet article dans son portefeuille ? Planifiait-il déjà notre mort ? Cherchait-il une issue de secours à des problèmes dont j'ignorais l'existence du haut de mes huit ans ?

24

www.les-bonnes-occases.com

Rubrique : divers

Recherche tableau

Je recherche une copie du tableau *Des glaneuses* de Jean-François Millet.

Me contacter via mon profil. Faire offre.

The avenger

25

À mes yeux, Brice était le compagnon parfait. Il n'était ni trop grand, ni trop petit. Ni trop collant ni trop distant. Ni trop taciturne ni trop bavard. Ni trop modeste ni trop frimeur. Ni trop présent ni trop absent. Ni trop sérieux ni trop frivole. Il était le juste milieu de tout et cet équilibre m'était essentiel.

Au début, je me suis demandé en quoi une fille comme moi pouvait l'intéresser. Ma personnalité frôlait ces extrêmes et je m'interrogeais sur le temps qu'il lui faudrait pour s'en lasser. J'étais petite, très distante, on ne peut plus taciturne, absente mentalement, sûrement trop modeste et d'un sérieux à en effrayer plus d'un. Dans ma vie, il n'y avait pas de place pour le bonheur, les rires, la légèreté, l'humour. On aurait pu arguer que les opposés s'attiraient, mais il n'a jamais été mon opposé puisqu'il était un milieu.

Pourtant, j'ai constaté assez vite qu'il s'attachait à moi et naturellement, j'ai commencé à lui faire confiance. Au fil des jours, je me suis éloignée de ces extrêmes pour me rapprocher des milieux. La patience de Brice nous a aidés à nous accorder. Je crois qu'il a su voir l'accablement et la tristesse qui m'habitaient. Jamais il ne m'a brusquée. Il m'a apprivoisée, petit à petit, comme on apprivoise un chat sauvage qui a l'habitude de survivre seul dans la nature.

Grâce à Brice, ma langue s'est déliée, mes rires ont marqué des ridules sur mon visage, j'ai commencé à redevenir celle que j'étais avant 1991. Ou peut-être ai-je simplement commencé à être celle que j'aurais été si le drame de 1991 n'avait pas eu lieu.

26

Dans mon village, à Charentin, tout le monde se connaît et tout se sait très vite. Ici, on pourrait parler de NGV, « nouvelles à grande vitesse ». Les gens n'ont pas la langue dans leur poche. Le slogan de Charentin pourrait même être : « les potins vont bon train ». On croirait que les habitants n'attendent qu'une chose : savoir ce qu'il se passe en dehors de leurs quatre murs. Ce n'est pas toujours malveillant, mais cette façon de s'intéresser de trop près aux affaires des autres peut parfois devenir malsain.

Moi, je me fiche bien de savoir ce qu'il se passe ailleurs. Je suis suffisamment occupée avec ma propre vie, je n'ai pas besoin d'ajouter le fardeau de celle des autres sur mon dos. Mais j'imagine que certains se sentent rassurés de savoir qu'il existe pire hors de chez eux. Et puis, dans un sens, ça évite de s'apitoyer sur son propre sort. Peut-être aussi qu'ils n'ont rien de mieux à faire.

À Charentin, les NGV se propagent essentiellement grâce à une dizaine d'habitantes qui montrent un véritable engouement pour l'espionnage. Madame Beaujean en est le parfait exemple. Elle passe la plus grande partie de son temps derrière ses fenêtres, à épier les moindres faits et gestes des voisins et des passants. La discrétion n'est pas son fort. Bien souvent, les rideaux bougent lorsque l'on passe devant chez elle. Si ce n'est pas le cas, elle trouve des excuses telles que ramasser son courrier ou encore sortir les poubelles, quitte à le faire plusieurs fois par jour. Toutes les occasions sont bonnes pour en apprendre un peu plus sur son entourage. Madame Beaujean a plus de soixante ans, est retraitée et veuve. On pourrait penser que vivre seule la pousse aux commérages, pourtant elle se comportait déjà de cette manière du temps où son mari était encore de ce monde. Quand j'étais adolescente et que je rentrais un peu trop tard ou un peu éméchée, elle se précipitait dès le lendemain pour faire son rapport auprès de mon oncle et de ma tante. Une année, un homme de quatre-vingts ans s'était tordu la cheville et s'était étalé sur le sol. Dix minutes plus tard, les pompiers l'emmenaient aux urgences et madame Beaujean se faisait un plaisir de déclarer à qui voulait l'entendre que c'était grâce à elle que le pauvre homme avait été pris en charge.

Je dois bien admettre qu'une commère peut se révéler utile quand un malheur arrive et qu'on nécessite de l'aide ou un témoin. Le 9 mars 1991, nous aurions bien eu besoin d'une madame Beaujean.

27

La difficulté, avec les petits villages de campagne, c'est qu'il faut les rendre attractifs pour éviter qu'ils ne subissent l'exode rural. Gilles Humbert, notre maire, a toujours mis un point d'honneur à ce que Charentin soit un village animé. Toutes sortes de fêtes et d'activités sont organisées, et ce, tout au long de l'année. Les idées ne manquent pas : entre les lotos de la commune, les kermesses des écoles, les concours de pétanque organisés par une association du coin, les dimanches Scrabble à la salle des fêtes, les chasses au trésor pour les gamins, les compétitions de cyclisme et quelques concerts de rock, de jazz ou de musette, chaque génération y trouve son compte.

Gilles Humbert est maire depuis plus de vingt-cinq ans. Il me semble n'avoir connu que lui. Les gens du pays l'aiment beaucoup. C'est sûrement pour cette raison qu'ils le réélisent tous les six ans.

Lorsque Gilles a appris que Mathieu s'installait dans la maison de sa mère, il n'a pas tardé à le contacter pour lui faire une proposition.

« J'ai entendu dire que tu étais de retour chez nous, Mathieu ? C'est formidable. Dis, l'autre jour, en parlant avec Jacques, mon adjoint, j'ai appris que tu étais devenu metteur en scène. Et un metteur en scène de renom ! Alors je me demandais si tu accepterais de monter un spectacle dans notre modeste petit village.

Qu'est-ce que tu en dis ? Tu es libre de choisir tes acteurs et le contenu des pièces. Les habitants seraient ravis d'y assister. Et peut-être même aussi d'y participer. Tu te rends compte ? Un gamin du village devenu metteur en scène à Paris ! C'est incroyable ! Alors, c'est oui ? »

Sur le moment, Mathieu ne s'est pas réjoui plus que ça de cette idée parce qu'il n'avait jamais envisagé de pratiquer son métier ici. Il n'était ni emballé ni réticent. Il a juste répondu qu'il y réfléchirait.

Mais quelques semaines plus tard, il a recontacté Gilles Humbert pour lui annoncer qu'il acceptait son offre. Il a précisé qu'avec plusieurs mois de préparation, il pourrait volontiers monter un spectacle avec les habitants du village, pour le plaisir, mais que la pièce finale serait jouée par des acteurs professionnels. Je ne sais toujours pas ce qui a poussé Mathieu à se décider ainsi. Son activité devait lui manquer et l'offre de notre maire est certainement tombée à pic, servie sur un plateau d'argent. Quoi qu'il en soit, peu importe ce qui se jouera sur les planches, je suis certaine que cela en vaudra la peine.

28

C'est bien connu : *Avec des si, on refait le monde*. Ce proverbe nous incite à ne pas faire d'hypothèses, à ne pas spéculer sur des idées qui, quoi qu'il en soit, resteront vaines. Car rien ne changera avec ces *si*. Mathieu aussi dit que c'est inutile. Et pourtant, les *si* me font un bien fou. Car le temps d'un *si*, j'imagine cette vie que j'aurais pu avoir. Et même si tout se conjugue au subjonctif, qu'est-ce que ça peut bien faire ? Si le subjonctif existe, c'est pour l'utiliser. Alors, lorsque je suis seule, que j'ai un coup de cafard, je m'évade dans le subjonctif pour vivre.

Dans le subjonctif, mes parents sont âgés, ils s'aiment toujours. Ils profitent de leur retraite. Ma mère est active dans les associations caritatives de la région, de temps à autre mon père donne des concerts avec ses potes musiciens, où il excelle à la guitare. Lui et l'oncle Richard ont légué leur société à Florian qui a doublé l'effectif, entre autres grâce à Jo, son bras droit. Florian s'est marié avec Julie, la petite blondinette de sa classe de CM2. Leurs deux enfants, un garçon et une fille, ont les yeux bleus de leur mère, le courage et le talent créatif de leur père. À ses heures perdues, Florian peint des toiles qu'il vend incognito dans de grandes galeries parisiennes. Il tient à son anonymat, garant d'une vie simple et sans chichi. Ma sœur, Fanny, est devenue coiffeuse, car elle aime mettre les gens en valeur. Elle est maman de trois enfants et met un point d'honneur à les éduquer du mieux possible dans l'environnement numérique qui complique tout de nos jours.

Brice m'a demandée en mariage lors d'un dîner romantique organisé au bord d'un lac. Je lui ai hurlé un *oui* en lui sautant dans les bras. Après notre mariage, nous avons fait le tour du monde. En traversant la planète pendant quatre ans, sac sur le dos, nous avons rencontré des centaines de personnes avec qui nous avons partagé des moments inoubliables. Peu de temps après notre retour en France, notre fille Emma est née. Elle a tout autant le goût de l'aventure que son père et moi. Elle adore l'Australie. Je ne serais pas étonnée qu'elle parte y vivre quand elle sera majeure.

Contrairement à ma réalité, mon subjonctif est plein d'amour, d'espoir, de vie. On peut dire ce qu'on veut, mais il n'est pas vain. Il m'aide à me sentir mieux.

29

Dans une cocotte en fonte, je fais mijoter un pot-au-feu. J'en ai fait une portion assez importante afin qu'on en ait pour plusieurs repas. De temps en temps, j'en garde au congélateur. Pour les jours de flemme et les jours de déprime. Si ça ne tenait qu'à moi, je me contenterais de trois fois rien. Peut-être même que je sauterais des repas. J'ai un appétit de moineau. Parfois, même les moineaux en ont plus que moi. Mais il faut bien nourrir le vieux. Sans moi, il n'avalerait pas grand-chose ; il ne sait pas cuisiner et il n'a jamais fourni d'efforts du vivant de sa femme. Jamais je ne l'ai vu devant les fourneaux. Même pas pour cuire un œuf.

— Ça sent bon ! On mange quoi ?

Il descend les escaliers en s'appuyant sur la rambarde. Sa mobilité a diminué ces derniers mois. Ce sont les articulations, il n'y a rien à faire à ça. La vieillesse est en train de le ronger.

— Un pot-au-feu.

Il s'installe sur sa chaise, non sans mal, en lâchant un râle qui en dit long sur ses douleurs. Il y a quelque temps encore, je l'aurais aidé. Je n'en ai plus la force. Ni l'envie.

— Un pot-au-feu ? C'est bon, ça.

Lorsque la cuisson est terminée, je remplis son assiette d'une grande louche et la pose devant lui sur la table. La vapeur qui s'échappe du plat monte jusqu'à son visage.

— Attention, c'est chaud.

Je me surprends parfois à lui parler comme à un gosse. De nous deux, avant, c'était moi l'enfant. Pourtant, aujourd'hui, c'est lui qui en montre le comportement.

Nous n'avons pas toujours eu des rapports aussi froids. Il nous a fallu du temps, beaucoup de temps même, pour parvenir à nous apprivoiser. Malgré cela, tous ces efforts sont partis en fumée.

Lorsque je parle du vieux, je parle de mon deuxième père. En réalité, il s'agit de mon oncle Richard. À l'époque du drame, peu de temps après que mon oncle et ma tante m'ont accueillie chez eux, le sujet de l'adoption a été abordée. Ou plutôt celui de la tutelle. Ce mot, *adoption*, me semblait si peu approprié. Oui, je venais de perdre ma famille, oui, j'étais orpheline, mais pourquoi fallait-il absolument qu'on m'attribue de nouveaux parents ? Les miens resteraient à jamais irremplaçables.

La raison en était pourtant assez simple. Dans le testament qu'ils avaient rédigé, mes parents avaient désigné l'oncle Richard et la tante Maryse comme tuteurs s'ils venaient à décéder en même temps. Voilà pourquoi ils sont devenus mes *nouveaux parents*. Je n'ai jamais pu les appeler *papa* et *maman*, mais les aléas de ma vie ont fait que, dans certaines situations, c'était plus simple de les nommer *mes parents*. Surtout sur les documents officiels ou quand je les présentais à des inconnus. Qui aurait dit : « voici mon oncle et ma tante, les tuteurs qui m'élèvent parce que mon père a tué toute ma famille lorsque j'avais huit ans ? » Personne. C'était donc plus simple ainsi. Ça m'a épargné bien des questions et des explications.

À mon arrivée dans leur foyer, Maryse était chaleureuse. Richard, lui, semblait plus préoccupé par le drame de notre famille et par l'avenir, où il allait devoir compter avec une nièce non attendue. Il avait aussi perdu son frère. J'imagine qu'il n'a pas été facile pour lui de s'adapter à tous ces changements soudains.

Il ne m'a jamais montré beaucoup d'affection. Je n'en attendais pas de sa part, de toute façon. Seule Maryse a été proche de moi et m'a aussi été d'une grande aide dans les moments importants de ma vie de jeune femme.

Maryse nous a quittés il y a plus de dix ans, lorsqu'une voiture l'a renversée alors qu'elle était en train de traverser la route. Un chauffard qui n'a pas assumé son acte et qui a préféré prendre la fuite. Le deuxième drame de notre famille. Maryse est morte de ses blessures dans l'ambulance qui la transportait à l'hôpital. Mon oncle ne s'en est pas remis. C'est depuis ce jour que je suis revenue m'occuper de lui dans la maison familiale.

Lorsque l'assiette de Richard est vide, je débarrasse la table. Lui retourne dans sa chambre, doucement, en boitant.

— Bonne nuit, Faustine.
— À demain.
Une journée de plus est passée. Une journée comme les autres. Une journée sans la moindre tendresse.

30

Mon amour pour Brice était sans limite. Il a été le premier. Le premier pour tout. Le premier à qui j'ai accordé ma confiance. Le premier pour qui mon cœur a battu vraiment. Le premier à qui j'ai dit « je t'aime ». Le premier avec qui j'ai partagé un logement. Le premier avec qui j'ai mélangé mon linge sale. Le premier pour qui j'ai préparé à manger. Le premier que j'ai massé. Le premier qui a partagé mon lit toutes les nuits. Le premier avec qui je suis partie en vacances. Le premier que j'ai présenté à mes parents adoptifs. Le premier qui a appris mes secrets. Le premier à qui j'ai écrit des poèmes d'amour. Le premier avec qui j'ai chanté.

Nous étions sur la même longueur d'onde au niveau musical. Nous connaissions nos classiques. Les français comme les internationaux. Nous aimions les chansons qui n'étaient pas de notre génération. Quand l'un de nous débutait un air, l'autre fredonnait la suite. Parfois quelques paroles suffisaient. Si j'étais dehors et que je lui disais « J'ai attrapé un coup de soleil », il me répondait « un coup d'amour un coup de je t'aime ». J'imagine que d'autres m'auraient dit de me badigeonner de crème solaire. Nous nous comprenions. Certains jours même, il n'y avait que de la musique dans nos têtes. Nous enchaînions les tubes. Nous les chantions à tue-tête, le volume à fond, nous dansions comme des fous dans notre salon.

Nous sommes restés deux ans ensemble. J'ai passé deux ans à l'aimer, à porter ses sweats lorsque la fraîcheur tombait le soir et que j'inventais toutes les excuses possibles pour pouvoir sentir son odeur contre moi. Deux ans à me coller contre son dos tous les matins en me réveillant alors que lui dormait encore profondément. Deux ans à le découvrir sous tous les angles et sous toutes les coutures. Deux ans à le regarder tourner les pages de ses dizaines de romans policiers, à rire de tout et de rien, à mater de vieux films français comme *Le gendarme de Saint-Tropez* ou *La soupe aux choux* avec lui, à l'observer nu sous la douche, à sentir mon cœur battre en pensant à lui. Deux ans à se regarder dans les yeux sans se parler et pourtant se comprendre. Deux ans à retrouver le goût de la vie.

31

Les odeurs et les sons marquent autant notre mémoire que les images. De ma vie d'avant, je me souviens du fumet des paupiettes de dinde qui embaumaient toute la maison depuis la cuisine, de l'odeur du garage, de celle du chèvrefeuille dans le jardin, des émanations mélangées de cuir et d'essence dans la R16 de mes parents, du parfum des draps fraîchement lavés, des effluves de la fraîcheur qui tombe le soir sur la nature, du parfum de l'eau de Cologne de papa, de la fumée des barbecues, de l'arôme des malabars avant de les mâcher longuement. De la senteur de la cire d'abeille lorsqu'il fallait refaire la teinture des tables de l'école primaire, des fragrances des tomates que nous cueillions dans le jardin.

Quant aux sons, on ne peut pas dire qu'ils soient moins présents. De mon enfance, je me rappelle les grillons dans le jardin lorsque la fenêtre était entrouverte, l'été, pour laisser entrer la fraîcheur. Du bois qui crépitait dans la cheminée. De l'horloge du couloir qui cadençait nos vies avec ses tic-tac et qui était souvent la seule à se faire entendre dans la maison alors que tout le monde dormait encore fermement, des cloches de l'église qui sonnaient tous les dimanches à onze heures pour annoncer la messe, du chien des voisins qui pouvait aboyer des heures durant.

Suis-je moins réceptive depuis que je suis devenue adulte ?

32

— Joyeux anniversaire !

Mathieu est venu avec un bouquet de fleurs et une boîte de chocolats. Nous avons décidé d'aller au restaurant pour l'occasion. Pourtant, il y a longtemps que je ne le fête plus.

— Merci.

— J'espère que tu ne vas pas nous faire une crise de la quarantaine ?

— Aucun risque.

— Comment peux-tu en être aussi sûre ?

— Je le sais, c'est tout.

Mathieu me regarde d'un air sceptique. Je lui explique :

— La crise de la quarantaine, c'est remettre sa vie entière en question à cause d'un mal-être, c'est craindre que le temps passe. Moi, ça fait déjà longtemps que je vis avec mon fardeau. Je ne remets rien en question car je ne veux rien changer. Et puis, je n'ai pas peur de vieillir. Je ne crains pas la mort. Elle viendra de toute façon. Autant l'accepter. Elle m'a déjà épargnée une fois. Depuis mes huit ans, ma vie, c'est du rab.

— Pas faux. Tu comptes faire quoi maintenant ?

— Comment ça ?

— Bah oui, tu entames la deuxième moitié de ta vie. Souvent, à quarante ans, on réfléchit à l'existence, à ce qu'on a atteint, à ce qu'on veut encore accomplir. D'où ma question. Que comptes-tu faire ? Tu pourrais déménager, changer de travail, faire quelque chose de fou que tu n'as jamais fait mais dont tu as toujours rêvé ! Tu vois, ce genre de choses. Moi, je suis bien revenu de Paris, par exemple.

— Mais pas parce que tu as quarante ans.

Il réfléchit un instant.

— Non, mais peut-être qu'inconsciemment, si.

Une fois de plus, Mathieu bouscule mon quotidien. Je ne m'étais jamais posé ce genre de questions. C'est vrai qu'avoir quarante ans, ça veut aussi dire avoir une grande partie de sa vie derrière soi.

— Tu veux rester travailler chez Mariette pour toujours ?

— Aucune idée. Je m'y sens bien.

— Réfléchis-y, Faustine. Ta deuxième vie commence aujourd'hui. Allez, à la tienne ! dit-il en levant son verre.

33

Souvent je me demande ce que j'aurais fait de ma vie si Mariette n'avait pas été là, de l'autre côté de la vitrine, en ce jour de pluie. Jamais je n'aurais franchi le seuil de cette boutique. Jamais il ne me serait venu à l'idée de me présenter à un job pour lequel je n'étais pas qualifiée.

Ce jour-là, jamais je n'aurais lu l'annonce de Mariette si ces deux pimbêches n'étaient pas venues dans ma direction. Pourquoi me suis-je retournée alors que je me foutais royalement de ces filles-là ? Que faisait Mariette de l'autre côté de la vitrine alors que, d'habitude, elle est toujours occupée à tout, sauf à épier ce qu'il se passe dans la rue ?

On dit que dans la vie, il n'y a pas de hasard. Que les choses arrivent parce qu'elles doivent arriver. D'autres pensent que tout est déjà écrit. Pourtant, chacun a son libre-arbitre. La liberté de décider pour soi. La possibilité de choisir, à un carrefour, dans quelle direction se diriger. Opter pour le chemin de droite ? Celui de gauche ? Filer tout droit ?

On dit aussi que chaque chose a sa raison d'être. Que si des événements nous arrivent, c'est parce qu'il y a un enseignement à en tirer. Que nous avons un chemin de vie, une mission sur terre, des choses à apprendre, que notre âme doit expérimenter.

Moi, je veux bien être d'accord avec tout ce qu'on dit. Je veux bien croire que l'existence est une sorte de jeu dont nous sommes les acteurs. Que nous avons des choses à vivre pour permettre à notre âme d'évoluer.

Mais fallait-il vraiment en passer par là ? Je n'avais que huit ans. Étais-je vraiment prête à endosser ce rôle ? Était-il nécessaire de me confronter à tous ces malheurs ? Je ne les ai pas vécus. Je les ai *survécus*. Je suis la survivante de ce 9 mars 1991. Les enfants n'ont-ils pas droit à une enfance normale, à des moments de grâce ? Non, il semblerait que personne ne soit épargné par son propre destin. Qu'il n'y ait pas d'âge pour être heureux ou malheureux. Que l'être humain, peu importe son âge, son sexe ou son pays, ait un parcours à suivre, un chemin à emprunter. Le mien a été semé d'embûches dès mon plus jeune âge. Tandis que d'autres avançaient sur une route bien goudronnée, moi je rampais comme un soldat sur un terrain miné.

34

Je n'ai jamais voulu consulter un psychologue. Pour quoi faire ? Pour qu'il me dise de me reprendre en main ? Que j'ai toute la vie devant moi ? Qu'il me faut tirer un trait sur ce qui s'est passé ? Et entendre que l'existence est faite d'épreuves qui nous font grandir ? Que le plus beau reste à venir ?

Non, merci. Je n'ai pas envie d'étaler ma vie. Comment peut-on, ne serait-ce qu'un instant, croire que d'autres puissent appréhender ce que j'ai vécu ? Je sais parfaitement que jamais personne ne comprendra ce que j'ai ressenti et ce que je ressens encore aujourd'hui.

Qui peut savoir que, du haut de mes huit ans, j'avais une peur monstre de me retrouver seule, qu'une tristesse indéfinissable m'avait envahie pour ne plus jamais me quitter, qu'une angoisse me suivait en permanence, que je revivais ce drame chaque nuit, que je haïssais ma famille de m'avoir abandonnée, que je regrettais de ne plus être auprès d'eux, que j'aurais voulu mourir et périr avec eux, que je voulais oublier pour être heureuse. Toutes ces contradictions qui me bouleversaient m'ont empêchée d'être moi et d'avoir une vie normale.

Adolescente, j'ai trouvé ma propre méthode pour me soigner. Je ne guéris pas vraiment mais mes idées sont marquées noir sur blanc et j'imagine que cela m'aide à y voir plus clair.

Dans ma chambre, cachées dans mon armoire, derrière mes gros pulls d'hiver, se trouvent plusieurs boîtes. La première que j'ai créée est la boîte à questions. Depuis mes huit ans, elles fusent, alors j'écris toutes celles qui me traversent l'esprit. Sans exception. Si quelqu'un l'ouvre un jour, il y trouvera mon moi le plus profond, celui que je ne montre à personne. Ce que je n'ai jamais dit à Mariette ni à Mathieu ni même à Brice.

Je n'écris jamais les réponses. Juste les questions :
- Aurais-je eu une vie meilleure si mes parents étaient toujours vivants ?
- Nous verrions-nous chaque semaine ?
- Seraient-ils encore ensemble ?
- Maman ferait-elle encore des tartes aux fraises, comme je les aimais tant ?
- Aurais-je été moins froide, plus joyeuse et plus ouverte aux autres ?
- Est-ce que ça fait mal de mourir ?
- Est-ce que ma sœur a souffert lorsque la balle lui a traversé la tête ?
- Florian sait-il que c'est grâce à lui que je ne suis pas morte ? Ou à cause de lui ?
- Est-il vraiment possible de devenir fou d'une seconde à l'autre au point de tuer les personnes qu'on aime le plus au monde ?

- Papa nous aimait-il vraiment ?
- Nous a-t-il menti ?
- Peut-on mentir toute une vie ?
- À quel âge vais-je mourir ?
- Et si la vie n'était qu'un rêve ?
- Comment peut-on tuer un enfant ?
- Comment aurait été la vie de Mathieu si j'étais morte ce jour-là ? Se rendrait-il tous les mercredis au vieux chêne ? Et si oui, seul ou avec quelqu'un d'autre ?
- A-t-on voulu me punir en me laissant la vie ?
- Pourquoi n'ai-je pas eu le droit d'avoir une vie normale ?
- Est-ce que l'oncle Richard me déteste ?
- Est-ce vrai que des fées se penchent au-dessus du berceau des bébés ?
- Ai-je perdu mon ange gardien en cours de route ?
- Parviendrai-je à être vraiment heureuse un jour ?
- Suis-je folle comme mon père ?
- Serais-je capable de tuer quelqu'un ?

www.les-bonnes-occases.com

Rubrique : divers

Recherche fauteuil

Je recherche un vieux fauteuil en velours marron.

Faire offre. Me contacter via mon profil.

The avenger

36

Il n'y a rien de pire que les rumeurs ! Elles peuvent être destructrices et anéantir des vies. Ce ne sont que des mots, des paroles, et pourtant leur force n'est pas à sous-estimer. Elles alimentent l'imagination des gens, et bien trop souvent, elles dérivent largement loin de la vérité.

J'en sais quelque chose.

En 1991, après le drame, les rumeurs sont allées bon train quant aux raisons de l'acte sauvage de mon père. C'était à se demander si les gens n'avaient rien d'autre à foutre. Chacun y a mis son grain de sel. Chacun s'est posé la même question : qu'est-ce qui a bien pu se passer chez les Jullien ? Qu'est-ce qui a bien pu arriver pour que Vincent Jullien tue froidement toute sa famille ?

Toutes les raisons possibles ont été avancées. Certains disaient que c'était à cause de problèmes d'argent. D'autres, que sa femme Annette, ma mère, l'avait sûrement trompé et que lorsqu'il l'avait appris, il était devenu fou de rage. Il y avait aussi une théorie qui affirmait qu'il avait trop bu et perdu la raison. Parfois, le dernier verre, c'est le verre de trop !

Des foutaises, tout ça ! Nous étions une famille soudée et heureuse. Mon père nous aimait tous, j'en suis certaine. Alors comprendre son geste est d'autant plus difficile. Personne ne saura jamais ce qui a bien pu lui traverser l'esprit. Moi je suis convaincue qu'il aimait chacun d'entre nous. Je sais qu'il n'avait pas bu ce soir-là. Je n'ai jamais su si ces histoires de problèmes d'argent étaient vraies. Je ne le saurai jamais. Ce dont je me souviens, c'est cette dispute qui a éclaté, ces éclats de voix. Inutile de chercher plus loin. Même l'enquête des flics n'a mené à rien. Alors autant cesser d'échafauder des théories que personne ne pourra vérifier. À quoi ça servirait de chercher à comprendre l'incompréhensible ?

37

L'autre jour, la poisse s'est manifestée. Ce n'est pas une amie fidèle, mais elle aime bien me rendre visite de temps en temps. Cette fois-ci, c'est en nous infligeant un dégât des eaux.

C'est une tache au plafond de ma chambre qui a attiré mon attention. Ça ne pouvait venir que de la pièce du dessus. L'ancienne chambre d'Alexis. J'ai alors gravi des escaliers que je n'emprunte absolument jamais. Parce que je n'aime pas cet endroit. Il est trop sombre, trop poussiéreux et trop déprimant à mon goût. Cette chambre est devenue un débarras. On n'y trouve que de vieilles choses que mon oncle et ma tante ont accumulées au fil du temps. Alexis ne vient plus dormir dans cette maison depuis longtemps. Je suppose qu'il vit loin d'ici. Nous n'avons plus de nouvelles. Une fois, j'ai cru l'apercevoir en faisant mes courses dans un supermarché d'une ville située à quelques kilomètres de Charentin. C'était il y a plusieurs années. Peut-être cinq ans. Je n'ai pas trop la notion du temps. Un gars mettait des conserves en rayon. De loin, en tout cas, il lui ressemblait. Je me suis approchée discrètement. Je ne le voyais que de dos. Ses gestes et ses mouvements me paraissaient familiers. J'aurais mis ma main à couper que c'était lui. J'aurais pu aller à sa rencontre, prendre de ses nouvelles. Mais après tant d'années de silence de sa part, j'ai préféré écouter mon instinct. J'ai changé de rayon et je me suis empressée de foutre le camp. Aucun besoin de le revoir. Aucune envie de savoir ce qu'il était devenu.

En ouvrant la porte, une odeur de renfermé et de moisi m'a provoqué un haut-le-cœur. Par réflexe, je me suis bouché le nez avec la manche de mon pull, puis j'ai ouvert en grand la fenêtre aux ferrures rouillées.

Dans un coin, là où il y a un lavabo, j'ai remarqué de l'eau qui coulait contre le mur et qui formait une flaque sur le sol. Tout ce qui s'y trouvait était trempé et imbibé. *La chiotte !* J'ai dévalé les escaliers en vitesse pour couper l'arrivée d'eau et ainsi éviter que les dégâts ne s'aggravent. Dans la foulée, j'ai appelé Jo, l'ancien employé de Richard, qui a racheté son entreprise lorsque ce dernier a pris sa retraite. Dans l'heure qui a suivi, Jo a sonné à la porte. Aujourd'hui, il ne m'offre plus de bonbons, mais il se rend toujours disponible quand j'ai besoin de lui.

— Merci d'être venu si vite.

Nous avons douze ans de différence. Lorsque j'étais gamine, il m'impressionnait. Il était très grand, très mince et aussi très attirant, avec son bleu de travail et sa casquette qu'il portait à l'envers. Je me souviens qu'il avait une boucle d'oreille et que j'aimais son côté rebelle. Aujourd'hui, il est le même, mais en plus âgé.

Il est entré, a salué le vieux qui somnolait dans son fauteuil, un journal posé sur le ventre, puis il m'a suivie dans les escaliers. Il a constaté les dommages :

— On dirait bien qu'un tuyau est percé.

— Tu peux arranger ça ?
— Je vais voir ce que je peux faire. Il faudrait débarrasser ces cartons. Si tu veux mon avis, ils sont bons pour la benne.

Il m'a aidée à tout transporter un étage plus bas. J'avais si peu mis les pieds dans la chambre d'Alexis que je n'avais aucune idée de ce que ces cartons pouvaient contenir. Avant de les jeter, je me devais de tout passer en revue. J'ai laissé Jo faire son boulot puis j'ai commencé à faire du tri dans des documents que je n'avais jamais vus. Beaucoup de paperasse inintéressante : des factures de plus de dix ans, d'anciens prospectus, des dessins jaunis par le temps, des piles de notices d'utilisation. Presque tout est parti à la poubelle. Presque !

En cherchant dans ce passé qui n'était pas le mien, j'ai cependant fait des découvertes incroyables. Dont une lettre, adressée à mon oncle, qui m'a interloquée. Le courrier d'un certain monsieur Laval. Bien plus étrange encore, elle datait de 1990.

38

ARCHIVES GÉNÉALOGIQUES LAVAL
113 rue de Laborde
75008 Paris

Le 15 février 1990

Monsieur,

Comme convenu lors de notre entretien, et en notre qualité de généalogiste, nous avons entrepris des recherches afin d'établir une dévolution successorale dans laquelle vous avez des droits héréditaires à faire valoir que vous ignorez.

À cet effet, vous trouverez ci-joint un *contrat de révélation de succession* en double exemplaire, dont l'un est à nous retourner signé.

Nous vous confirmons que si la succession ne devait pas aboutir pour une cause quelconque, nous conserverions à notre charge tous les frais, quelle que soit leur importance, de façon que vous n'ayez jamais rien à avancer ni à débourser. Les recherches entreprises sont donc à nos risques et périls.

En revanche, si nous réussissons à vous faire entrer en possession de vos droits héréditaires, vous nous devrez, à titre d'honoraires, le pourcentage déterminé sur le contrat et qui sera déduit de la part nette vous revenant.

Nous restons à votre disposition pour tout renseignement.

Dans l'attente de votre accord, veuillez agréer, Monsieur, l'expression de nos sentiments distingués.

Georges Laval

39

Ces derniers jours, je vois moins Mathieu. Il consacre une grande part de son temps et de son énergie à la mise en place de son spectacle. Il le sait, c'est un travail énorme qui demande des mois de préparation et de préparatifs. Qui plus est, Mathieu est un éternel insatisfait. Ou plutôt un grand perfectionniste. Il ne m'en parle pas souvent, mais à force de quémander, il a fini par lâcher quelques informations. Je sais donc qu'il prévoit de mettre en scène trois pièces avec des bénévoles du village et une pièce finale avec de vrais acteurs qu'il a sollicités. Il va de soi que diriger des amateurs est beaucoup plus fastidieux que de travailler avec des professionnels, mais Mathieu s'implique à cent pour cent et s'arme de patience. Quant aux bénévoles, ils semblent se prendre au jeu et s'avèrent studieux. Il n'est pas si facile de se coller dans la peau d'une autre personne et d'apprendre des textes sur le bout des doigts. Je ne crois pas avoir de talent d'actrice, mais je serai présente le jour J.

Dans le village et partout aux alentours, la nouvelle s'est répandue comme une NGV. Une quinzaine de bénévoles se sont rapidement manifestés. J'ai hâte d'assister à la représentation. Elle aura lieu mi-août. Il leur reste environ quatre mois pour tout mettre en place.

J'ai proposé à Mathieu de l'aider pour l'organisation. Il a refusé. J'entends encore ses paroles résonner dans mes tympans : « Hors de question. Je te réserve une surprise. Tu seras la spectatrice numéro un. »

Je lui ai répondu que je ne voulais ni être sous les projecteurs, ni attirer les regards.

« Parfois, il faut faire face à la réalité ! »

Sa réponse m'a fait froid dans le dos. Il n'a pas ajouté mot et m'a semblé déterminé. J'ai peur, je le crois capable de tout.

40

J'ai tout apporté à la déchetterie. Des cartons entiers de papiers mouillés. Quel gâchis ! Si ma tante Maryse le savait, elle se retournerait dans sa tombe. Des tas de photos de famille ont péri dans la chambre d'Alexis. Des photos d'avant, du début du XXe siècle. Des petits clichés en noir et blanc de personnes mortes depuis des décennies.

De l'autre côté de la pièce, il y avait tout un tas de cartons empilés qui n'ont pas été touchés par le dégât des eaux. J'aurais pu ne pas y prêter attention. J'aurais pu refermer la porte de cette chambre sans jamais m'y intéresser. Mais j'y ai jeté un œil. Enfouis sous des dizaines de classeurs de comptabilité de l'entreprise familiale, j'ai fait une découverte bien plus importante que tout ce que j'aurais pu espérer. Écrit en lettres capitales sur un carnet à la couverture bleue, le prénom de mon père m'a sauté aux yeux : VINCENT. Les premières pages étaient griffonnées d'une encre bleue, légèrement effacée par le temps. Finalement, ce n'est pas un, mais bien trois carnets que j'ai découverts, renfermant des notes personnelles de mon vrai père.

Comme à mes dix-huit ans, mon cœur s'est mis à cogner fort. Que contenaient-ils ? Qu'allais-je apprendre en lisant ces lignes ? Était-ce un journal intime ? Mon père y évoquait-il les raisons de ses actes ?

Je les ai mis de côté, j'ai vidé la chambre de mon cousin en pensant, tout au long de la journée, à ce que je pourrais découvrir en lisant ces notes.

Je ne crois pas que quelqu'un ait eu connaissance de ces carnets, sinon j'imagine qu'on me les aurait remis à mes dix-huit ans, avec le reste des affaires que tante Maryse avait pu récupérer.
Les mains tremblantes, le soir, bien installée au chaud sous ma couette, j'en lis des bribes. Doucement, sans précipitation. J'ai tellement peur de ce que je pourrais y découvrir. Je m'étonne encore de les avoir trouvés là. J'imagine qu'il y écrivait lorsqu'il était assis à son bureau et, qu'après sa mort, quelqu'un les a rangés dans un carton, sans y prendre garde, en même temps que les documents administratifs de la société.
Et dire que ces notes patientaient juste au-dessus de ma tête pendant toutes ces années, sans que j'en aie la moindre idée.
Je suis partagée entre l'envie de les dévorer et celle de les savourer, de les découvrir petit à petit, sans me précipiter. J'appréhende énormément d'y découvrir des choses sur mon père que je ne sais pas et que je préfèrerais ne pas connaître. Mais se peut-il que l'image que j'ai gardée de lui se détériore encore plus ? Elle est déjà bien dégradée.
Les carnets sont numérotés chronologiquement. Les premiers écrits sont datés de 1974 à 1979. Sur le deuxième calepin, il est inscrit 1980 / 1985. Enfin, sur

le troisième, on peut lire 1986 / 1991, les dernières années de son existence. Des bouts de vie de cinq ans chacun. Au total, quinze années résumées en trois carnets.

J'ai commencé par lire le premier. Ça me paraissait logique de prendre les choses dans l'ordre.

J'ai immédiatement reconnu sa jolie écriture italique, celle qu'on enseignait autrefois, à l'école. Je l'aurais reconnue parmi mille autres. Ses carnets contiennent des morceaux de vie, des idées à retenir, quelques blagues, des proverbes, de petits poèmes, des chansons, des notes de musique, probablement des airs qu'il a inventés et joués sur sa guitare. Un peu de tout et de rien. Je l'entrevois sous un nouveau jour. Je n'imaginais pas un seul instant qu'il mettait ses états d'âme par écrit. Chaque soir, pendant quelques minutes, je le redécouvre. Lors de la rédaction des premières lignes, il n'avait que dix-neuf ans.

CARNET 1 – 1974 / 1979

***

10 avril 1974

Un coup de foudre ! Je ne crois pas qu'on puisse appeler ça autrement. Elle est magnifique avec ses longs cheveux bruns qui lui arrivent au bas du dos.

Lorsque mon regard a croisé le sien, j'ai su que ce serait elle, la femme qui partagerait ma vie. Celle avec qui je voudrais fonder une famille. Elle a des yeux noisette qui me font perdre tous mes moyens. Je l'ai croisée au marché ce matin. Elle travaille à un stand de fruits et légumes. Je ne sais pas encore comment elle s'appelle, mais je compte bien le découvrir mercredi prochain, lorsque j'y retournerai pour faire quelques courses.

***

Mai 1974

Annette ! Je sais maintenant qu'elle s'appelle Annette. Tous les mercredis, pendant ma pause de midi, je file le plus vite possible au marché. Je n'ai a priori pas besoin de grand-chose, mais je m'approvisionne de quelques fruits. Cela me permet de la voir régulièrement.

Je ne sais pas encore comment lui avouer mes sentiments. J'aimerais l'inviter à sortir. Il y a un bal, samedi prochain. Je devrais prendre mon courage à deux mains et lui demander, mais je ne sais pas vraiment m'y prendre avec les filles.

France Gall a sorti une nouvelle chanson, ce mois-ci. Je l'entends tous les jours à la radio. C'est comme

si cette chanson avait été écrite pour moi à ce moment bien précis de ma vie. Elle dit :
« Quand je suis seule et que je peux rêver
Je rêve que je suis dans tes bras
Je rêve que je te fais tout bas
Une déclaration, ma déclaration

Quand je suis seule, que je peux inventer
Que tu es là tout près de moi
Je peux m'imaginer tout bas
Une déclaration, ma déclaration

Juste deux ou trois mots d'amour
Pour te parler de nous
Deux ou trois mots de tous les jours
C'est tout

Je ne pourrai jamais te dire tout ça
Je voudrais tant mais je n'oserai pas
J'aime mieux mettre dans ma chanson
Une déclaration, ma déclaration »

***

16 juin 1974

Mon grand-père dit toujours : « Dans la vie, il faut provoquer son bonheur. Si tu attends que les choses arrivent par elles-mêmes, alors tu seras déjà six pieds sous terre sans que rien ne se soit jamais passé. »

Hier, j'ai donc pris mon courage à deux mains et je me suis rendu au marché avec ma guitare. Il y avait un soleil de plomb. Bientôt, l'été pointera le bout de son nez.

J'ai pris place devant le stand. Mon cœur battait la chamade. Il y avait foule, mais je ne me suis pas débiné. J'ai commencé à gratter sur mon instrument cet air sur lequel je rêvassais depuis quelques semaines et je lui ai fait ma déclaration d'amour, en reprenant les paroles de France Gall.

Annette a rougi lorsqu'elle a compris que c'était pour elle que j'étais venu. Lorsque la chanson a pris fin, je me suis dirigé vers elle. Mon cœur cognait si fort dans ma poitrine qu'il résonnait jusque dans mon cou. Je l'ai regardée dans les yeux, je lui ai pris la main et lui ai demandé si elle voulait bien aller boire un verre avec un gars comme moi. Elle a rougi un peu plus, a baissé les yeux et n'a rien dit pendant trois secondes qui m'ont paru une éternité. Puis elle m'a offert son plus beau sourire et m'a dit qu'elle serait ravie de faire la connaissance d'un artiste aussi talentueux que moi. Je me suis retenu de sauter de joie. À cet instant précis, je devais avoir l'air plus niais que le plus niais de tous les hommes.

Mon grand-père dit aussi que l'amour rend bête.

41

La généalogie est la liste des membres d'une famille établissant une filiation ou la pratique qui a pour objet la recherche de la parenté et de la filiation des personnes. Grâce à ce travail d'investigation, on peut établir un arbre généalogique.

Avant de découvrir la lettre de Georges Laval adressée à mon oncle, je ne m'étais jamais intéressée à mes ancêtres et encore moins à la généalogie. Mais cette découverte a éveillé ma curiosité. Pour quelle raison mon oncle avait-il reçu ce courrier ? Qui était décédé et que se cachait-il derrière cette histoire d'héritage ?

Je me suis alors renseignée sur le métier de généalogiste. Ce dernier consiste, la plupart du temps, à tenter de retrouver d'éventuels héritiers lors de successions complexes. Ils sont principalement contactés par des notaires et effectuent alors de longues recherches pour reconstituer l'arbre généalogique, officiel et officieux, des familles en question.

J'aurais pu demander des éclaircissements à mon père de substitution, cet oncle qui m'a élevée sans amour, mais j'ai préféré m'adresser directement à l'auteur de la lettre. Alors, le dimanche suivant, j'ai tapé les mots *George Laval, généalogiste* dans un moteur de recherche et j'ai trouvé un numéro de téléphone. Je l'ai immédiatement composé sur mon portable, et contre toute attente, un homme à la voix rocailleuse a répondu.

— Bonjour. Pourrais-je parler à monsieur Laval, s'il vous plaît ?

— Le voici en personne !

— Bonjour, Monsieur. Mon appel peut vous paraître étrange mais j'ai trouvé une lettre que vous aviez envoyée à mon oncle il y a plusieurs années et j'aurais voulu vous poser quelques questions, si ça ne vous dérange pas.

— Bien sûr que non. Que voulez-vous savoir ?

— Tout. S'il y a eu un héritage dans ma famille ? De quel côté ? Si mon oncle a touché une somme ? Ce genre de choses.

— Vous savez, j'en ai suivi des dossiers d'héritage en quarante ans de carrière. Je ne me souviens pas de tous les cas par cœur. Il faudrait que vous me donniez le nom de votre oncle.

— Richard Jullien. Jullien avec deux *l*.

— Un instant, je saisis les données dans mon ordinateur.

Les secondes d'attente m'ont paru longues. Puis il y a eu cette question :

— Famille Jullien à Charentin ?

— Oui. Vous avez retrouvé quelque chose ?

L'homme s'est tu un instant. Sûrement perdu dans ses pensées.

— Vous dites que cette lettre était adressée à votre oncle ? Puis-je vous demander votre nom, Madame ?

— Oui. Je m'appelle Faustine Jullien.

Une fois encore, l'homme a cessé de parler. Quand il a repris la parole, son discours m'a fait tomber des nues.

— Je préfèrerais vous parler de vive voix. Vous pourriez vous déplacer à Paris ?

J'ai accepté, il m'a donné son adresse, et trois jours plus tard, ma voiture roulait sur la Francilienne.

42

CARNET 1 – 1974 / 1979

Mai 1976

Elle est ma femme ! Annette Jullien ! Je n'en reviens toujours pas. Ni que son chemin ait croisé le mien. Ni qu'elle m'ait dit oui il y a quelques jours.

Elle était d'une beauté naturelle infinie dans sa robe blanche qu'elle portait près du corps et avec ses cheveux longs détachés qui flottaient dans son dos.

Le mariage s'est déroulé comme je l'imaginais. En petit comité. Uniquement la famille et quelques amis proches à nos côtés. Nous avons fêté notre bonheur comme il se doit. Dans la bonne humeur. À vingt et un ans, je me sens le plus heureux des hommes.

Mes parents nous ont fait l'incroyable surprise de nous offrir une voiture. Une superbe Peugeot 204 bleu métallisé dont je rêvais depuis quelque temps. Je nous imagine déjà, avec nos enfants assis sur la banquette arrière, partir en vacances au bord de la mer.

Annette et moi, c'est sûr, c'est pour la vie.
Unis pour le meilleur et pour le pire.

***

1977

Entendue à la radio ce matin, une citation d'Oscar Wilde : « Vivre est ce qu'il y a de plus beau au monde, la plupart des gens existent, c'est tout. »

1978

PORTRAIT CHINOIS

Si elle était un animal, elle serait un chat,
Si elle était une fleur, elle serait le muguet,
Si elle était une saison, elle serait le printemps,
Si elle était un son, elle serait le souffle du vent dans les feuilles des arbres,
Si elle était une couleur, elle serait le violet,
Si elle était une ville, elle serait Rome,
Si elle était un plat, elle serait épicée,
Si elle était un mot, elle serait la douceur,
Si elle était un dessert, elle serait un millefeuille,
Si elle était un objet, elle serait le mien...

43

Monsieur Laval m'a reçue dans une espèce de grande bibliothèque. Son bureau, c'est la caverne d'Ali Baba. Des dizaines d'étagères chargées de dossiers. Autant de tiroirs remplis d'informations recueillies sur plus de cent ans. L'homme, toujours actif dans la société à plus de soixante-cinq ans, s'apprête à céder les rênes à son fils, tout comme son père l'avait fait avec lui bien des années auparavant.

La première impression que j'ai ressentie en sa présence était une immense bienveillance. Une chaleur humaine incroyable. Nous avons pris place dans son bureau à la décoration surannée, comportant exclusivement des objets anciens. Il m'a offert un café, puis a sorti de son tiroir un dossier qu'il a posé devant lui. Il ne l'a pas ouvert, il l'a juste posé là, sous mes yeux, puis il s'est mis à fixer les miens avec une empathie hors du commun. L'espace d'un instant, je me suis demandé ce qui pouvait bien traverser son esprit pour qu'il me regarde de cette manière. Puis, j'ai compris que ce n'était pas moi qu'il regardait, mais la Faustine de huit ans.

Il régnait dans la pièce une atmosphère austère. On se serait cru dans un autre temps, à une autre époque, dont les aiguilles de la pendule donnaient le rythme. Le vieil homme me fixait toujours. Les cartes étaient jetées. J'allais bientôt savoir pourquoi il m'avait fait venir dans son bureau à Paris.

— Que savez-vous exactement sur ce dossier, Madame Jullien ?

La question m'a surprise.

— Absolument rien. La seule chose que j'ai en ma possession est cette lettre. On ne m'en a jamais parlé.

Monsieur Laval a émis un long soupir.

— Je veux bien vous raconter. Dites-moi, j'espère que vous n'êtes pas pressée et que vous n'avez pas d'autres rendez-vous ?

Il a alors entamé un récit que, même dans les bras de Morphée, je n'aurais jamais osé imaginer.

44

Mon vieux, le deuxième, a depuis longtemps un problème avec l'argent. Il paraît que c'est une maladie psychiatrique. Que tout débute par une souffrance. Le jeu devient alors un exutoire, l'endroit où tous les miracles sont possibles. Il n'a jamais pu s'empêcher de miser son salaire. Ça a commencé par le casino. Toutes les occasions étaient bonnes pour y aller. Puis ça a été le tour du loto, des courses, d'autres jeux de tirage, parfois même le poker. N'est-ce pas contradictoire de dépenser tout son argent en espérant en gagner plus ?

Au début, il n'allait au casino que pour des occasions spéciales : un anniversaire, une soirée entre amis. Ensuite, la cadence des visites a augmenté. Une fois par mois. Puis toutes les deux semaines, avant que cela ne devienne hebdomadaire. Jusqu'au point de non-retour où, après le travail, il s'y rendait directement. C'est à cette période que la tante Maryse et l'oncle Richard ont commencé à se disputer de plus en plus. Ils ne parlaient jamais de divorce. Il fallait vivre avec ce fardeau.

Même en plein milieu de nulle part, on trouve des casinos. Il y en a un à vingt minutes de la maison. Un immense bâtiment chic perché en haut d'une colline et paumé au milieu de la forêt. La vue y est magnifique. Ça attire du monde. Un restaurant pour ajouter un peu de charme au lieu et le tour est joué. Le casino est aussi bondé en semaine que les week-ends. Les habitués comme Richard font vivre les locaux. Ils sont des dizaines dans le même cas, à y croire dur comme fer, à être en transe devant les machines à sous, à espérer qu'elles crachent le jackpot. Ils leur parlent, espèrent pouvoir les amadouer, s'imaginent toujours que la prochaine sera la bonne. Mais la fois suivante n'est qu'une réitération de la fois précédente. Chaque visite se ressemble. L'espoir, l'adrénaline. Parfois un gros gain, suivi d'une perte, puis le désespoir. On rentre alors bredouille en se disant qu'on se refera le lendemain.

Avec les années, la tante Maryse, impuissante face à la maladie compulsive de son mari, a commencé à boire. Toujours en cachette. Jamais devant les autres. Je ne m'en suis pas rendu compte tout de suite. Je l'ai surprise, quand j'avais quatorze ans, un jour où j'étais rentrée plus tôt du collège parce qu'un professeur était absent. Elle ne s'attendait pas à me voir à cette heure de l'après-midi. Elle titubait, un verre dans une main et une bouteille de vin dans l'autre. Elle a fait mine de faire du rangement, a mis la bouteille dans un placard, puis elle est sortie de la cuisine en marmonnant quelque chose d'inaudible.

Les jours suivants, j'ai compris que l'odeur qu'elle portait sur elle depuis toujours, et que je trouvais bien particulière, n'était autre que celle de son parfum mélangée à celle de la vinasse. L'oncle Richard savait-il qu'elle était rongée de l'intérieur par son obsession des jeux ? C'est une interrogation que j'ai écrite, peu de temps après cette découverte, dans la boîte à questions.

Cette addiction au jeu a commencé lorsque l'oncle Richard avait un peu plus de la trentaine, soit environ dix ans avant ma naissance. Je sais que papa évoquait souvent les problèmes de son frère, le soir avec maman, lorsqu'ils pensaient que nous dormions profondément. Pourtant, plusieurs fois, les nuits où je ne pouvais pas dormir, je les ai surpris à en parler, postée derrière la porte, retenant mon souffle et le cœur battant car je savais que je ne devais pas être là à écouter les discussions des grands.

Aujourd'hui, je l'enferme pour éviter qu'il ne prenne un taxi qui le mènerait jusqu'à ce fichu casino qui a pourri la vie de sa femme. Il y dépenserait toute sa retraite. S'il le pouvait, il s'en prendrait à mes sous. Une fois, je l'ai surpris en train de fouiller dans mon portefeuille. C'est depuis ce jour que je ferme la porte à double tour. Pour écarter tout risque qu'il ne détruise ma vie une deuxième fois. Ce n'est déjà plus qu'un amas de ruine. Hors de question que les dernières pierres soient pulvérisées à cause d'un vieux qui refuse de se faire soigner.

Tant pis pour lui, mais je n'ai pas le choix.

45

Un soir d'été, alors que nous étions partis en vacances à Lacanau, Brice m'a emmenée au restaurant. Tout était parfait. Les moules dans leur sauce au vin blanc, les frites pas trop salées, la mer bleue à perte de vue, le soleil qui s'y reflétait, les mouettes qui ricanaient, Brice qui souriait, lunettes de soleil sur le nez. À le regarder, j'aurais dû me douter qu'il mijotait quelque chose. Mais naïve comme je l'étais, je n'ai rien vu venir.

Nous étions en villégiature pour deux semaines. Quinze jours au bord de la mer. Quinze jours pour nous. Je n'étais pas partie en vacances depuis tellement longtemps. Le manque de temps, surtout le manque d'envie. Brice m'avait convaincue que quelques jours pour nous ressourcer seraient bénéfiques. J'avais posé des congés, nous avions pris la route un mercredi matin, avec très peu de bagages, et étions arrivés sur la côte Atlantique vers midi. Jamais encore je n'y avais mis les pieds. Là-bas, ça sentait bon les pins. Nous nous étions tout d'abord rendus sur la plage. Pendant un long moment, nous avions admiré les surfeurs qui s'évertuaient à apprivoiser les vagues. D'énormes rouleaux déferlaient sur la plage. Le vent soufflait violemment. Et pourtant, c'était doux d'être là.

Deux semaines de farniente. Ne rien faire. Ne se préoccuper de rien, si ce n'est de nous. Nous avions loué un petit bungalow près de la plage. Chaque jour, nous nous rendions dans un endroit différent : visites des villes aux alentours, balades à vélo dans les forêts de pins, excursion en bateau, soirées à regarder le soleil disparaître pour aller éclairer l'autre bout de la terre. Chaque nuit, nous faisions l'amour. Enfin, pour la première fois de mon existence d'adulte, je m'étais sentie vivante et heureuse de l'être. En quelques mois seulement, Brice m'avait ramenée à la vie et j'avais enfin le sentiment que tout irait bien, que tout avait de nouveau un sens.

Pourtant, le dernier soir de nos vacances, ce soir d'été où tout était parfait, alors que Brice souriait plus que jamais, assis face à moi à la table du restaurant, le monde s'est écroulé. Lorsque l'homme de ma vie m'a posé cette question fatidique, celle que toute amoureuse attend avec impatience, celle qui précède l'union d'un couple, jusqu'à ce que la mort les sépare, ma bouche a répondu : « non ». Calmement, mais fermement, j'ai refusé sa demande en mariage. Je me suis levée et je l'ai laissé en plan.

Pourquoi avait-il posé cette fichue question ? Tout se déroulait si bien entre nous.

Il n'a pas dû comprendre ma réaction, surtout après ces si belles vacances. Moi non plus, je ne m'y attendais pas. Ni à sa question. Ni à ma réponse. Mais comment aurais-je pu dire oui alors que ma plus grande peur était que le drame se reproduise.

Et si Brice finissait un jour par perdre la tête et nous tuer tous, les enfants et moi, avant de mettre fin à sa propre vie ? Et si c'était moi qui finissais par perdre la tête et par zigouiller la totalité de ma famille ? Et si je perdais la boule comme mon père ? Non, je ne pouvais pas prendre le risque que les erreurs du passé se répètent. J'ai dit non.

CARNET 1 – 1974 / 1979

Mars 1978

Le patron, c'est un con. Il n'est bon qu'à donner des ordres. Lui-même n'en fout pas une. Je n'ai rien contre les chefs en soi. J'en ai plutôt après les abrutis qui ne montrent aucune compréhension ni aucune compassion envers leurs employés. Il a une chance énorme d'avoir des gars bosseurs et assidus.

On est payé une misère. On ne compte pas les heures, pourtant ce pignouf nous fait tout un flan quand on se repose cinq minutes. Quel tyran !

Ce qui est certain, aujourd'hui, c'est que je ne passerai pas ma vie dans son entreprise !

28 juin 1979.

Il a les yeux noisette de sa mère, ma bouche, des mains et des pieds à croquer. Notre fils, Florian, a vu le jour ce matin à 3h15. Je suis papa. La descendance des Jullien est assurée. Avec Alexis, le fils de mon frère Richard, et maintenant Florian, nous pouvons presque être certains que le nom Jullien se perpétuera.

Mon fils ! Quel sentiment incroyable de donner la vie à un autre être. Annette va bien. L'accouchement l'a beaucoup fatiguée. À mes yeux, cette femme est une déesse. Je l'admire tellement. Elle se repose pour le moment. J'ai donné le premier biberon à notre enfant. Il n'a avalé que trois fois rien.

Tenir mon fils dans mes bras, cette minuscule créature, un mélange d'Annette et de moi, quel immense bonheur ! Je n'en reviens toujours pas. Je suis papa !

Septembre 1979 :

Penser à planter un arbre dans le jardin le mois prochain.

www.les-bonnes-occases.com

Rubrique : divers

Recherche jouets

Je recherche des jouets et des jeux de toutes sortes. Faire offre.

Me contacter via mon profil.

The avenger

48

1989

Georges Laval touche enfin au but. Bientôt, l'arbre qui se dessine sur son ordinateur recouvrera ses dernières branches. Plus que quelques jours, peut-être quelques semaines avant que son objectif soit atteint. Si tout se passe comme il le prévoit, il touchera une somme non négligeable. Il ne lui reste plus qu'à contacter les derniers héritiers de la famille Vallée. Il attrape le combiné, compose un numéro sur le clavier de son téléphone et attend que les tonalités cessent. Comme souvent, en pleine journée, personne ne daigne décrocher. Par chance, la personne en question possède un répondeur. C'est un nouvel appareil qui permet de laisser un message oral. Il n'aime pas trop parler à une machine, mais cela se révèle souvent utile et lui évite de longs déplacements. Lorsque le *bip* retentit, il laisse un message concis, mais précis. Avec un peu de chance, l'homme le rappellera. Dans le cas contraire, il retentera une prochaine fois.

— Bonjour, Monsieur Vallée. Georges Laval, de l'étude Laval et fils. Je vous appelle concernant une succession dans votre famille dont nous nous occupons...

Il termine en lui laissant un numéro où le joindre.

Georges Laval pratique le métier de généalogiste depuis plus de dix ans et il ne s'en lasse pas. Selon lui, cette activité est la plus passionnante de tous les temps. Son père lui a transmis son amour pour cette profession et lui en a appris toutes les ficelles. Les cas se suivent et ne se ressemblent jamais. Il consacre la plupart de ses journées aux recherches dans les registres mis à disposition dans les mairies, parfois dans les églises. Son métier lui permet de traverser la France de long en large, parfois d'aller au-delà des frontières afin de retrouver des personnes qui, à des kilomètres de là, n'ont pas la moindre idée qu'une somme d'argent bloquée les attend. Quant à lui, il a plutôt intérêt à les convaincre s'il ne veut pas que le temps consacré à ces recherches lui coûte plus qu'il ne lui rapporte. Rares sont les fois où on l'accueille les bras grands ouverts, où les portes s'ouvrent sans réticence. Personne ne sait mieux que lui combien nous vivons dans un monde de méfiance. Et pourtant, heureux sont ceux qui veulent bien lui accorder leur confiance. Car il y a toujours gros à gagner.

Georges Laval relit une feuille posée sur la table devant lui. Une adresse attire son attention. Elle ne se trouve qu'à une heure de chez lui. Cette fois, il va tenter une rencontre en chair et en os. Il se saisit de sa veste accrochée au portemanteau, attrape sa sacoche, les clés de sa voiture et se met en route vers le prochain héritier qui figure sur sa liste.

***

Lorsque Georges se gare devant une maison ancienne du village de Charentin et qu'il aperçoit une lumière luire à travers la fenêtre, il esquisse un léger sourire. Aujourd'hui, il ne s'est pas déplacé pour rien. La porte lui sera ouverte. Il sort de sa voiture, un dossier entre les mains, remet son pull en place, puis s'éclaircit la voix en se raclant la gorge avant d'appuyer sur la sonnette. Une femme ouvre, vraisemblablement surprise de se retrouver face à un inconnu. Habitué à ce genre de réaction, Georges imagine ce qu'elle peut penser : *Encore un vendeur à domicile. Qu'est-ce qu'il me veut celui-là ?* Pendant bien des années, il s'est souvent pris des portes au nez. Depuis, il a appris. Il ne perd pas un instant.

— Bonjour, Madame. Je me présente : Georges Laval. Suis-je bien au domicile de monsieur Richard Jullien ?

La femme, incontestablement surprise par la question, émet un signe d'assentiment en hochant la tête, tout en fronçant les sourcils. Pour une raison inconnue, elle semble inquiète. Alors il enchaîne immédiatement pour répondre à l'air dubitatif de son interlocutrice.

— J'aimerais m'entretenir avec votre mari. C'est au sujet d'une succession.

Succession. Le mot qui délie les langues et qui ouvre les portes. Comme presque à chaque fois, la méfiance laisse vite la place à la curiosité. Madame Jullien invite Georges à entrer dans leur demeure, le prie de s'installer à la table de la cuisine et file informer son mari de cette visite imprévue.

L'homme qui vient à la rencontre de Georges Laval est proche de la cinquantaine. De profondes rides dessinent un visage usé par le temps et par la vie. Il fait bien plus que son âge. Son regard est terne. Georges se demande pourquoi les étincelles de nos yeux d'enfants finissent bien souvent par s'éteindre. Il se présente pour la deuxième fois puis explique plus en détail les raisons de sa visite.

— Je suis généalogiste. J'ai été chargé de retrouver les héritiers d'une dame décédée l'année dernière. À sa mort, elle a laissé une somme d'argent importante sur son compte, ainsi que quelques propriétés d'une valeur non négligeable.

À voir l'air interloqué de Richard, Georges comprend que ce dernier ne croit pas un mot de ce qu'il vient de lui dire.

— Généalogiste ? C'est un métier, ça ? Jamais entendu parler. Vous me racontez pas des noises, là ?

— Je vous assure que non, Monsieur Jullien. Je ne me le permettrais pas. Mon métier est peu connu. Nous ne sommes que quelques-uns à l'exercer en France. Mais je vous assure que tout est vrai.

— Ah bon. Et qui est cette dame ?

— Je ne peux pas encore vous révéler son identité. Cependant je peux vous dire que vous étiez cousins éloignés. Nous avons recherché pendant plus d'un an tous les héritiers de cette personne. Elle n'avait ni enfant, ni mari, ni frère, ni sœur. Nous avons donc dû approfondir nos recherches en remontant les branches plus éloignées. Ainsi, nous avons pu établir un arbre généalogique détaillé de votre famille. Nous pourrons partager toutes nos recherches avec vous si cela vous intéresse.

Richard reste un moment coi. Sûrement réfléchit-il à tout ce que cela peut signifier pour lui si les dires de Georges s'avèrent vrais.

— Je ne m'occupe que de gros héritages, Monsieur Jullien. Il n'y a aucun risque pour vous. Tous les frais de recherches sont pris en charge par notre agence. Nous toucherons un pourcentage de cet héritage uniquement si vous touchez ce qui vous est dû.

Georges reste plus d'une heure, le temps d'expliquer les procédures, les démarches, puis il repart afin de contacter d'autres membres de la famille, dont le frère de Richard, Vincent, qui habite à quelques kilomètres de là.

.

49

www.les-bonnes-occases.com

Rubrique : divers

Recherche vêtements.

Je recherche des vêtements de années 80, de toutes sortes et de toutes tailles.

Me contacter via mon profil.

The avenger

50

Parfois, je me demande si Mathieu est vraiment revenu pour de bon. S'il ne va pas retourner à sa vie parisienne sur un coup de tête. J'en ai peur. Comme disait Johnny Hallyday : « les coups, ça fait mal ». En y réfléchissant, le chanteur n'avait pas tort. Tous les coups font mal. Les coups de tête, les coups de blues, les coups durs, les coups bas, les coups de poing, les coups de boule, les coups de feu, les coups de soleil.

J'imagine que sa vie là-bas était beaucoup plus attrayante que celle qu'il mène désormais dans nos campagnes. Peut-être en a-t-il vraiment eu marre ? Peut-être a-t-il voulu s'éloigner de son ex ? Peut-être fuit-il les responsabilités, les mondanités ou tout simplement les bruits citadins ?

Peu importe les raisons de son retour chez nous, cette décision aura été une bénédiction pour moi. Je me réjouis de le retrouver régulièrement près de notre chêne. De pouvoir parler de tout et de rien avec quelqu'un qui me connaît par cœur et qui m'apprécie pour ce que je suis. Avec mes défauts, avec mon caractère. Surtout avec mon passé. J'apprécie de le voir tous les mercredis, même si nous ne sommes plus écoliers, que nous n'avons plus neuf ans et que ce n'est plus un jour de repos. Nous nous retrouvons autour d'un verre ou bien nous nous rendons à notre restaurant préféré où il déguste une daurade pendant que j'engloutis une entrecôte sauce au poivre. Comme si ce que nous mangions était représentatif de ce que nous sommes. Il est raffiné tandis que je suis piquante. Il est la finesse et je suis la rusticité. Même enfants, nous étions très différents. Ce qui nous a attirés l'un vers l'autre, c'est la tragédie de nos vies.

Mathieu parle rarement du fait qu'il a grandi sans père. Sa mère n'a jamais refait sa vie et il n'a donc pas été élevé avec une figure masculine. Je sais qu'au plus profond de lui, il aurait aimé qu'on lui apprenne à jouer au foot, même si ce sport n'est définitivement pas fait pour lui. Il aurait voulu qu'on lui montre comment pêcher, comment on plante un clou dans une planche, comment on installe une toile de tente, comment on allume un feu avec des silex. Toutes ces choses, c'est sa mère qui les lui a enseignées. Elle a fait de son mieux pour combler ce manque, mais elle n'a pas pu remplacer ce père qui s'était enfui lorsqu'il était bébé. J'imagine qu'il aurait aimé avoir un père la première fois qu'une lame de rasoir a frôlé son visage, le jour où il a été gratifié d'un vingt sur vingt à son contrôle de français, le moment où, pour la première fois de sa vie, son cœur a battu plus fort parce que son regard avait croisé celui d'une fille qui lui plaisait, le soir où il a pris sa première cuite, et puis quand il a souffert de sa première déception amoureuse.

Toutes ces fois, il a dû se demander ce que pouvait bien foutre son père alors qu'il avait tant besoin de lui.

51

Malgré mon départ précipité de Lacanau, où je l'avais laissé à la table de ce restaurant avec sa peine, Brice est venu me rejoindre. Il ne lui a pas été difficile de me trouver. Il n'y avait que chez mon oncle et ma tante que je pouvais me réfugier. Il est arrivé à une heure où tout le monde était à la maison, celle du souper.

La tante Maryse l'a laissé entrer. Il avait l'air mal à l'aise. Je l'étais encore plus. Nous sommes sortis dans l'arrière-cour. Je me souviens que l'air estival était aussi étouffant que la situation dans laquelle je m'étais mise.

— Je ne comprends pas, Faustine. Qu'est-ce que j'ai fait ? Qu'est-ce que je t'ai fait ? Nos vacances étaient parfaites jusqu'à ce que tu partes comme une voleuse…

— Rien, absolument rien, lui ai-je répondu en fixant le sol, sans parvenir à affronter son regard.

Il a alors attrapé mon poignet.

— Regarde-moi et dis-moi la vérité, Faustine.

Mes yeux ont croisé les siens. Leur jolie couleur verte était accentuée par la rougeur de la sclérotique. Mon cœur s'est serré d'autant plus que je savais que j'étais la raison de cette tristesse.

— Je ne peux pas t'épouser. J'ai trop peur.

— Peur de quoi ?

— De répéter les erreurs du passé.

— De quoi tu parles ?

Il ne pouvait pas savoir de quoi il s'agissait : pas une fois je n'étais parvenue à évoquer le drame qui nous avait touchés, ma famille et moi. Je n'en avais pas vu l'utilité. Je ne voulais pas qu'il m'aime par pitié, mais pour ce que j'étais. Il pensait que mon oncle et ma tante étaient mes parents. Je les avais toujours appelés papa et maman devant lui, comme je le faisais devant tous les gens qui étaient entrés dans ma vie après le terrible épisode qui l'avait brisée.

Ce soir-là, j'ai été à deux doigts de tout dévoiler à Brice. L'année de mes huit ans, les coups de feu, le sang, la folie de mon père, ma vie sans famille.

Puis, la panique m'a envahie et je me suis ravisée.

— Je crains simplement que notre amour s'efface avec le temps. Que tu finisses par moins m'aimer.

— Mais tu es folle. Je t'aime comme un dingue. C'est justement pour ça que je veux que tu deviennes ma femme. Personne ne connaît l'avenir, c'est vrai, mais avant d'y penser, laisse-nous vivre notre présent. Ici et maintenant.

Ce soir-là, je suis rentrée avec lui dans notre trois-pièces, en me jurant de nous laisser une chance d'être heureux. Je lui ai fait promettre de ne pas me brusquer, de me laisser du temps pour réfléchir.

Ce soir-là, je savais au plus profond de moi que je n'étais pas prête à me lier à lui pour la vie, mais j'étais décidée à essayer de mettre mon passé de côté pour donner une chance à mon avenir.

CARNET 2 – 1980 / 1985

27 mars 1980

25 ans ! J'ai un quart de siècle ! C'est con mais je ne pensais pas que ça me ferait quelque chose. Et pourtant ma vie est bien entamée. Je m'en rends compte en voyant Florian qui grandit à vive allure. Dans quelques mois déjà, il marchera et il m'appellera papa. J'ai hâte de pouvoir faire plein de choses avec mon fiston comme le font les pères et leurs fils.

Ce soir, on va fêter ça comme il se doit. Nous serons une vingtaine à arroser mon anniversaire. Il y aura Arnaud et Marie, Jean et Christian, Gugus, Tof et bien d'autres.

J'ai aussi invité Richard et Maryse, mais je crois qu'il y a de l'eau dans le gaz entre eux. Ça fait un bout de temps déjà que ça n'a pas l'air d'aller fort. Il faudra que j'en touche deux mots au frangin un de ces quatre matins, quand on ne sera que tous les deux.

Je file, j'ai des bouteilles à mettre au frais !

Janvier 1981

Chaque début d'année, certains s'engagent à prendre de bonnes résolutions. Richard et moi avons eu l'idée folle de nous mettre à notre compte. C'est parti sur un coup de tête, juste après minuit. Une idée lancée en l'air qui a fait son bout de chemin dans nos esprits les jours suivants.
C'est décidé, lui et moi allons monter notre entreprise de plomberie-chauffagerie. Cela va nous demander beaucoup de travail mais je suis sûr que ça va être rentable ! Il y a de la demande à la pelle. Ce qui me réjouit le plus, dans tout ça, c'est que je vais enfin pouvoir dire au revoir à ce vieux con d'Arlicot. Je lui donnerai ma démission avec grand plaisir. Ras-le-bol d'être pris pour un imbécile.

Mai 1982

Annette est enceinte. C'est fou. Ça fait des mois qu'on se bat pour que Florian ait un petit frère ou une petite sœur, et enfin, ça y est, le bébé est en route. Selon le docteur, il arrivera au mois de novembre. Nous ne voulons pas connaître le sexe. Ce sera la surprise. Notre famille va s'agrandir. Je suis le plus heureux des hommes sur cette terre.

Novembre 1982

Notre fille, Faustine, est née le 11/11 à 11h. Si ma grand-mère Rosaline était encore de ce monde, elle me dirait certainement si c'est un bon ou un mauvais présage, elle qui s'intéressait aux superstitions et à l'ésotérisme.

La petite se porte à merveille. Florian a eu l'air un peu effrayé, les premières minutes, il s'est sûrement demandé qui venait bouleverser sa vie d'enfant unique. Annette est la plus heureuse des mamans. Son deuxième accouchement s'est mieux passé que le premier. Plus rapide, moins stressant. Peut-être justement parce que ce n'était pas le premier.

Mes parents et mes beaux-parents sont venus constater que leur première fille avait bien tous ses membres au bon endroit. Façon de parler. Ils sont ravis de voir que la famille s'agrandit de nouveau. Quant à moi, papa d'une petite fille, je suis si heureux. Je sens déjà qu'un lien très fort nous unit.

Mai 1983

Créer notre entreprise familiale aura été la meilleure des décisions. En un an et demi, nous avons embauché trois gars. L'agenda ne désemplit pas. Nous avons déjà assez de commandes pour les six prochains mois.

Septembre 1984

Elle est arrivée par surprise. Nous ne l'attendions pas. Fanny nous comble de joie. Notre deuxième fille a vu le jour fin août. Faustine est encore trop petite pour comprendre. Florian, lui, est fier.

53

1989

Lorsque tous les héritiers d'une famille ont été retrouvés et informés qu'il y avait un héritage, ils sont priés de signer un document accordant le droit aux généalogistes de poursuivre la procédure en leur nom. Une chose est impérative : ils doivent certifier sur l'honneur qu'ils n'étaient pas au courant de cet héritage, sans quoi, ils sont tenus d'y renoncer. Si la succession n'aboutit pas en raison d'un manque d'héritiers, il va de soi que l'héritage en question est reversé entièrement à l'État.

Le dossier de Madeleine Pinsard a pris du temps à Georges. Il a parcouru de nombreux kilomètres pour retrouver toutes les personnes concernées par cette succession. Il a besoin que ce dossier prenne fin. Il sait qu'il y en a encore pour des mois avant que tout ne se termine, avant que l'argent ne soit versé sur tous les comptes, y compris le sien, mais il est sur la bonne voie.

Aucun des héritiers n'a jamais rencontré Madeleine Pinsard. Pas une fois. Ils ne connaissaient même pas son existence. Et pourtant, grâce à elle, ils vont toucher gros. Très gros. Soit, il faudra partager. D'abord, l'État encaissera la moitié de la somme en question. Georges aura droit à trente pour cent du montant restant. Enfin, le reliquat sera réparti entre les héritiers.

Beaucoup sont réticents, dénoncent clairement que c'est une arnaque, que c'est une honte de prendre une part aussi importante. Mais se rendent-ils compte que Georges ne touche rien pendant tous ces mois, voire ces années de recherches ? Que sa seule rétribution ne tombe qu'à l'aboutissement d'un dossier ? Que sans lui, sans ses démarches, jamais ils n'auraient entendu parler de cet héritage et qu'ils n'auraient donc pas touché le moindre centime ?

Avec le temps, Georges a appris à ne plus faire attention à ce genre de remarques. Après tout, il n'oblige personne à accepter les héritages. Les héritiers peuvent aussi y renoncer, s'ils le veulent. Il leur suffit de cocher la bonne case sur le formulaire qu'il leur envoie. Et puis, heureusement, il y a les autres. Ceux qui le remercient, ceux qui sont reconnaissants de son travail, ceux qui le voient comme un homme bon qui ne veut faire que le bien autour de lui et qui aime passionnément son métier.

Aujourd'hui, Georges passe à l'étape suivante. Dans une deuxième lettre, il va lever le voile sur l'identité de la défunte. Il n'y a pas beaucoup de courriers à préparer. Seulement dix. Ses recherches l'ont mené jusqu'aux liens de parenté au quatrième degré. Il allume son ordinateur puis prépare les lettres, en prenant bien soin de ne pas se tromper sur les noms, les dates, les adresses. Tout doit être parfait.

Quelques minutes plus tard, il imprime la première lettre et la relit pour être certain qu'aucune erreur ne s'y est glissée.

Monsieur,

Comme suite à l'accord intervenu entre nous, nous vous informons que la succession en faisant l'objet est celle de Madame Madeleine Gisèle Catherine PINSARD, veuve VALLÉE, en son vivant demeurant à Nice (06) – 15 rue des Pins, où elle est décédée le 27 octobre 1988, dont vous êtes habile à vous dire et porter héritier pour partie.

Afin de compléter notre dossier et de vous représenter auprès du notaire, nous vous adressons par ce pli un pouvoir sous seing privé. Ce pouvoir nous permettra d'effectuer toutes les opérations nécessaires à la liquidation de la succession, étant précisé qu'aucune décision importante ne sera prise sans votre accord préalable. (…)

Dès le lendemain matin, il se rendra à la poste. Il devra ensuite attendre que chaque héritier lui renvoie la procuration et les pièces demandées.

54

Dans les carnets 1 et 2, je n'ai rien lu que je ne savais déjà concernant la vie de mon père. J'y ai surtout découvert ses pensées et j'ai pu comprendre quel genre d'homme il était : un passionné, un rêveur, un homme en quête de son bonheur. Le lire, c'était découvrir le Vincent Jullien d'avant, celui que je n'ai pas connu. Celui d'avant ma naissance. Jamais on ne s'imagine que ses parents ou ses grands-parents ont été jeunes avant nous.

Dans les carnets 1 et 2, les notes sont gentillettes. En revanche, certains passages du carnet 3 m'ont fait froid dans le dos.

CARNET 3 – 1986 / 1991

Diverses notes de 1986 à 1988

Il y a un énorme problème dans notre comptabilité. Des sommes d'argent importantes que je ne retrouve pas dans les livres. Je déteste tout cet administratif.

***

Plus le temps passe et moins je comprends. Que se passe-t-il ? L'argent disparaît. Je n'en ai pas encore parlé à Richard qui me prendrait pour un incapable. Toute cette paperasse ne l'intéresse pas. Il ne veut pas en entendre parler. Il préfère diriger les équipes sur le terrain. Il faut que je résolve ce problème au plus vite.

***

Monsieur Grangier, notre comptable, m'a mis en garde. À ce rythme, la boîte ne sera jamais rentable. Il faudra licencier un des salariés. Je n'y comprends rien, nous avons des commandes à la pelle, des prix corrects qui devraient couvrir tous les frais. Je ne vais pas avoir le choix : je vais devoir en parler à Richard.

***

J'ai croisé Maryse ce matin. Elle n'avait pas l'air pressée. Elle sortait d'une maison. Je suis passé à côté d'elle dans mon camion. Il était tôt. Neuf heures je crois. Elle ne m'a pas vu. Il pleuvait. Elle a mis sa capuche sur la tête puis est partie dans le sens opposé au mien.

***

Hier, j'ai informé Richard de la situation financière de notre entreprise. Je ne sais pas comment interpréter sa réaction. Il n'a pas paru très surpris, sur le moment. Ensuite, il a pris un air absent. Quand il est revenu à lui, il s'est fâché, m'a balancé des inepties au visage prétextant que je devais arranger les choses, puis il est parti sur un chantier, en me laissant avec cette énorme responsabilité sur le dos.

55

« Qu'est-ce qu'il t'arrive, ma fille ? »

Mariette a l'œil. Elle me connaît presque par cœur. En tout cas, elle remarque toujours quand quelque chose ne va pas.

J'ai un visage qui ne ment pas. Il reflète en permanence mes états d'âme. Pourquoi se mentir à soi-même ? Pourquoi mentir aux autres ?

Je me contente de sourire brièvement et de hausser les épaules. Mariette n'insiste pas. Elle veut juste me signifier qu'elle est là si besoin est. Je le sais. Elle est comme une troisième mère pour moi.

Vivre avec une histoire aussi lourde n'était déjà pas une mince affaire, mais y replonger me pèse sur le cœur. Je ne dors plus. Mon cerveau est pris en étau. Je suis partagée entre le sentiment de ne pas vouloir me remémorer ce passé douloureux et celui d'en apprendre un peu plus pour pouvoir avancer vers une guérison et un futur meilleur.

Quand je travaille, je mets mes soucis de côté. La couture m'oblige à me concentrer sur ce que je fais. Devant ma machine, j'oublie tout ce qu'il y a autour. Parfois, même, je n'entends pas la sonnette du magasin.

Mariette revient quelques minutes plus tard.

— Faustine, j'aimerais te parler.

Je relève la tête, les yeux écarquillés, surprise par sa démarche.

— Fais une pause, on va boire un thé.

Nous passons dans l'arrière-boutique où se trouve une petite cuisine. Nous nous asseyons autour de la table. Deux tasses, d'où s'échappe de la vapeur, y sont déjà posées. Une odeur de menthe embaume la pièce.

— Tu m'inquiètes, Mariette. Qu'est-ce qu'il se passe ?

Elle sourit, pose sa main sur la mienne pour me rassurer et me regarde tendrement, comme une mère le ferait avec son enfant.

— Ne t'en fais pas, ma chérie, je souhaite juste que nous abordions un sujet important.

Rares sont les fois où Mariette me parle de cette manière. J'appréhende un peu ce qu'elle s'apprête à me dire. Je pense au pire. Elle a une maladie et n'a plus que quelques mois à vivre. Ou bien la boutique ne marche plus comme elle le souhaite. C'est sûr qu'il faut s'accrocher, de nos jours, avec internet et les boutiques en ligne qu'on y trouve.

— Je vais vendre le magasin, ma chérie.

Une douleur furtive me pince le cœur. Je n'avais pas envisagé cette possibilité. Dans un futur lointain, évidemment. Mais pas maintenant.

— Pour quelle raison ?

— Tout simplement parce qu'il est temps pour moi de me retirer du monde du travail. J'ai cinquante-neuf ans. Je suis encore en forme et en bonne santé et je veux en profiter tant que je le peux.

Bien sûr, que Mariette a raison. Naïvement, je pensais qu'elle resterait pour toujours dans cette boutique. Parce que, sans elle, le magasin n'aurait plus la même aura.

Les mains enveloppant la tasse brûlante, Mariette m'observe. Elle avale une gorgée. Je l'imite en silence. Elle me laisse le temps d'assimiler la nouvelle. Depuis le drame, Mariette et sa boutique sont les seules choses stables que j'ai dans ma vie. Je n'ai jamais envisagé qu'il pourrait y avoir une fin. Que tout pourrait s'arrêter du jour au lendemain. Je ne sais même pas ce que j'avais imaginé. Je crois que je le savais au plus profond de moi mais que j'ai repoussé cette idée, comme on ne veut pas s'avouer que nos parents ou nos grands-parents vieillissent.

Après une pause, Mariette reprend.

— Aurais-tu envie de me succéder ? De t'occuper de la boutique ? S'il y a une personne qui mérite d'en être la nouvelle propriétaire, c'est bien toi. Tu connais absolument tout : les produits, les clientes, les ficelles du métier, comme on dit.

Je la dévisage, interloquée et émue. Peut-elle lire sur mon visage tous les sentiments contradictoires qui traversent mon esprit ? La tristesse devant une époque qui se termine, la joie qu'elle me procure en pensant que je pourrais être la future propriétaire des lieux, l'angoisse à l'idée de reprendre les rênes. En serais-je capable ? En ai-je envie ?

— Ne me donne pas de réponse maintenant. Réfléchis-y. Prends ton temps. Rien ne presse.

Nous terminons de boire notre tisane. La mienne est devenue froide. Puis chacune retourne à ses tâches.

56

— Pourquoi tu t'occupes toujours de lui ?
— Qui le ferait, sinon ?
— Son fils, Alexis.
— Il s'est barré il y a longtemps. Il n'a plus personne à part moi.

Dans la maison de madame Roger, rien n'a changé. Les mêmes meubles sont à la même place. Les mêmes photos sont accrochées sur les mêmes murs. Tout est propre, ordonné, bien rangé. Comme avant. La seule chose qui a changé, c'est qu'elle n'est plus là.

Nous sommes dimanche. Comme avant, Mathieu et moi sommes affalés sur son lit, dans sa chambre d'adolescent. Nous observons le plafond en écoutant de la musique des années soixante-dix et quatre-vingt. Les heures passent, les tubes se succèdent. Les Pink Floyd chantent « We don't need no education. We don't need no thought control », Jimi Hendrix, « Hey Joe, I heard you shot your mama down, you shot her down now », ou encore The Police, « I can't, I can't, I can't stand losing, I can't, I can't, I can't, I can't stand losing you ».

En plus d'être nostalgiques de ces années, Mathieu et moi avons plusieurs points en commun : notre nom de famille est aussi un prénom, nous n'avons pas grandi dans un cercle familial standard, nous jouons de la musique, lui du piano, moi de la guitare. Nous pensons souvent la même chose au même moment.

La conversation se poursuit tandis que Dave Gahan entame un des airs les plus connus de Depeche Mode : « I'm taking a ride with my best friend. I hope he never lets me down again ».

— Tu aurais pu faire autre chose de ta vie. Partir. Changer de région. Penser un peu plus à toi.

— Seule ?

Mon expression dubitative ne décourage pas Mathieu.

— Évidemment. Il ne faut pas attendre après les autres pour aller chercher son propre bonheur. Je t'aurais bien vue dans une fermette du Sud de la France, vivre entre les champs d'oliviers et les vignes, accompagnée de deux chiens, dont l'un serait boiteux. Tu l'aurais récupéré dans un chenil. Personne n'aurait voulu de lui, sauf toi. Tu l'aurais renommé Bôchien, simplement parce que tu l'aurais trouvé beau et aussi parce que tu n'es pas très fortiche pour trouver des noms.

— Tu délires ! dis-je en éclatant de rire.

Mathieu aussi part dans une crise de rire non contrôlée.

Puis, alors que nous fixons toujours le plafond, un long silence s'ensuit pendant lequel j'imagine cette vie que Mathieu m'a créée. Une vie paisible, au milieu de la nature. La tranquillité des lieux aurait sûrement fait de moi une autre personne. Je ferme les yeux, songeant à ce qu'aurait pu être cette vie. L'espace d'un instant, j'ai l'impression de sentir le soleil me chauffer le visage, de respirer la douce odeur de la lavande et d'entendre Bôchien aboyer. Mais Mathieu me ramène vite à la réalité.

— Et s'ils étaient vrais ?
— Quoi ?
— Tes rêves.

J'hésite entre répondre que j'en mourrais ou que je m'en fous. Mais au fond de moi, je sais très bien que je mens à moi-même. J'ai besoin de savoir ce qui s'est passé cette nuit-là. J'ai besoin de comprendre. À quarante ans, il est temps que je tourne la page.

Ces derniers jours, mon rêve répétitif a commencé à se transformer. De nouvelles images sont apparues. Un nouveau personnage. De nouvelles voix. Sont-ce les dernières découvertes que j'ai faites il y a peu de temps qui influencent mon imagination ou ont-elles simplement réveillé des souvenirs enfouis depuis longtemps ? J'en ai parlé à Mathieu ; il pense que ce rêve possède forcément une signification. Pourquoi mon esprit s'entêterait-il à se torturer ainsi année après année pour rien ? Mathieu m'a conseillé des méthodes parallèles. En particulier l'hypnose, tout en me remettant une carte de visite. Il m'a assuré que cette personne pourrait m'aider à remonter les aiguilles du temps, jusqu'au jour fatidique du drame qui a été celui de ma famille en 1991. Je suis sceptique. Je ne suis pas sûre de vouloir retourner en arrière. De vouloir vivre ce cauchemar une nouvelle fois. J'ai tout de même mis la carte dans mon portefeuille, pour le cas où.

CARNET 3 – 1986 / 1991

Janvier 1989

Papa est mort ce matin. Comme ça. Sans prévenir. Sans aucun signe au préalable. Une crise cardiaque pendant qu'il entassait du bois dans son jardin. À soixante-dix-sept ans. Je lui avais dit de ne pas le faire tout seul, d'attendre le week-end pour que nous nous en occupions ensemble, mais il n'en a fait qu'à sa tête, comme d'habitude. Maman m'a appelé en urgence. J'ai téléphoné au SAMU avant de quitter le bureau en panique pour rejoindre la maison parentale. Mais lorsque je suis arrivé sur place, c'était déjà trop tard. Papa était allongé à même le sol. Maman était affalée sur lui, en pleurs, dépassée par la situation. Au loin, nous avons entendu une sirène qui se rapprochait. Trois hommes sont venus avec leur matériel. Je leur ai ouvert la porte en catastrophe, mais eux aussi n'ont pu que constater les faits. Papa était mort. Ils ont emmené son corps et maman et moi sommes restés un long moment dans la rue à regarder le camion s'éloigner. J'ai vite mis Richard au courant. Il nous a rejoints. Le soir, il a fallu annoncer la nouvelle aux enfants. C'est ce qui a été le plus dur. Voir leurs petits visages d'anges se décomposer en apprenant le décès de leur grand-père, Armand. Aujourd'hui, j'ai perdu une partie de moi. Aujourd'hui, je me sens orphelin.

Mars 1989

J'ai rendu visite à ma mère ce matin. Je me fais beaucoup de souci pour elle. Elle ne s'alimente plus. Pourtant, ce n'est pas faute d'être aux petits soins pour elle. Maryse et Annette lui apportent souvent des plats qu'elles ont cuisinés. J'ai bien l'impression qu'elle n'y touche pas. Elle a perdu plusieurs kilos. Si elle continue comme ça, bientôt, il n'en restera rien. Elle pourrait même finir par tomber malade. Il ne manquerait plus qu'elle parte rejoindre papa…

Octobre 1989

Cette histoire d'héritage est incroyable. J'ose à peine imaginer que cela puisse être possible. Un héritage provenant d'une personne que nous ne connaissions même pas. Un oncle d'Amérique en quelque sorte. Ce monsieur Laval ne nous a pas donné de détails. Ni le nom, ni la somme. Rien. C'est le néant total.

Mars 1990

Puisque je suis de nature méfiante et que cette histoire me paraissait toujours extravagante, je me suis rendu en ville, ce matin, chez maître Beaurepère, pour qu'il puisse me confirmer la véracité et l'authenticité des documents de ce généalogiste. J'en suis ressorti sur les fesses. Maître Beaurepère est formel : tout est vrai. Il s'agit bien là d'une entreprise reconnue et de documents tout ce qu'il y a de plus conformes.

Il semblerait donc que nous soyons les descendants collatéraux de quelqu'un de très riche car ce type de société ne s'occupe que de gros héritages. Les généalogistes ne débutent des recherches que lorsque ces dernières en valent la peine. Il n'y a donc pas de risque que nous tombions sur un dossier d'endettement. En d'autres mots, nous n'avons rien à perdre et tout à gagner.

Ce qui est encore plus incroyable, c'est que si papa n'était pas décédé il y a quelques mois, c'est lui qui aurait hérité. Mais puisqu'il est parti, Richard et moi sommes désormais les nouveaux héritiers. Encore plus inimaginable, il semblerait que la défunte se soit éteinte avant papa. Dans le cas contraire, nous n'aurions pas été concernés par cet héritage.

Demain, j'irai rapporter à Richard les nouvelles fraîches de ce matin. Je suis sûr qu'il n'en croira pas ses oreilles non plus.

Je me demande tout de même qui peut être cette personne. Je n'ai pas la moindre connaissance de quelqu'un d'aisé dans notre cercle familial. Ça ne peut être que quelqu'un de très éloigné.

www.les-bonnes-occases.com

Rubrique : divers

Recherche meubles.

Je recherche une table et quatre chaises en bois.

Me contacter via mon profil.

The avenger

59

Encore un dimanche pluvieux. À croire que le soleil n'aime pas se montrer dans notre région. Il ne fait pas froid, juste humide. Une journée de printemps assez typique du coin. J'avais prévu une sortie au cinéma avec Mathieu, mais il a eu un empêchement de dernière minute. Le vieux est avachi dans son fauteuil, il somnole, la tête légèrement penchée sur le côté, ses lunettes ont glissé sur le bout de son nez, le journal qu'il tient dans ses mains n'est pas loin de tomber sur le sol. Je bois mon café tiède, gribouille quelques mots fléchés tout en écoutant de la musique. J'observe une accalmie par la fenêtre et décide d'aller prendre un peu l'air. J'enfile mes baskets et sors. Au moment où je referme la porte derrière moi, une jeune femme qui semble arriver de nulle part, m'accoste.

— Vous êtes Faustine ?

Je suis surprise par la question. Je ne la connais pas. Cette femme doit avoir à peu près le même âge que le mien. Elle porte une robe bleue à manches courtes qui lui arrive juste au-dessus des genoux et des sandales de la même couleur. De longs cheveux blonds détachés recouvrent son dos. Elle porte ses lunettes de soleil sur le haut de sa tête. Elle doit venir de loin ou alors elle a les yeux très sensibles à la lumière.

— Oui.

Ma réponse ressemble plus à une question qu'à une réponse. Mon interlocutrice a dû ressentir l'interrogation dans ma voix et lève immédiatement le voile sur son identité.

— Je suis Annabelle.

Je n'en connais pas. Ou plutôt, je n'en connais qu'une. L'ex petite amie de Mathieu. Ça ne peut être qu'elle. Une belle femme arrivant de la région parisienne. Elle est telle que je l'imaginais avec son *look* très citadin.

— Vous avez un peu de temps à m'accorder ? J'aurais voulu vous parler.

Me parler à moi ? Pour quelle raison ? Que peut-elle bien me vouloir ? Je m'attendais à tout, sauf à elle.

— Je partais me promener dans le quartier. Vous voulez m'accompagner ?

Elle acquiesce. Nous longeons la rue puis tournons au bout sur la gauche. Avec ses chaussures d'été ouvertes, Annabelle tente d'esquiver les flaques d'eau bien trop nombreuses sur les vieux trottoirs abîmés de notre commune. Quelques mètres plus loin, il y a un arrêt de bus avec un banc. Personne n'y patiente ; je lui propose donc de nous asseoir pour discuter tranquillement.

— C'est au sujet de Mathieu.

— J'imagine.

Elle me dévisage avec ses grands yeux bleus. Je la sens quelque peu mal à l'aise.

— Je ne sais pas par où commencer. Mathieu vous a parlé de moi ?
— Oui.
Elle semble à la fois rassurée et apeurée. Probablement que le doute persiste quant aux paroles que Mathieu a pu prononcer à son sujet. De bonnes ou de mauvaises ? A-t-il parlé d'elle en bien ou en mal ? Que disent les autres de nous derrière notre dos ? Ses yeux m'interrogent.
— Je crois que vous avez été son premier grand amour.
— Je l'ai été. Je préférerais parler de nous au présent et non au passé.
Cette phrase aurait pu être de moi. À cet instant, une envie incompréhensible de m'intéresser un peu plus à Annabelle s'éveille en moi. En la regardant un peu mieux, je trouve qu'elle a plutôt l'air dépité.
— Nous étions heureux, vous savez. Nous aimions les mêmes choses. Réunis par la même passion. Le théâtre, c'était tout pour nous. Au début de notre rencontre, nous nous donnions la réplique sur les planches. Très vite, il est arrivé quelque chose d'inexplicable entre nous. Une alchimie. Nous avons fini par ne plus nous quitter. Vous croyez aux âmes sœurs ? Moi j'y crois. Je suis convaincue que nous sommes deux âmes qui se sont retrouvées.
Un instant, cette remarque fait écho en moi. Je me retiens de lui dire que je ressens la même chose entre Mathieu et moi, depuis le CE2. C'est exactement ce

que j'ai toujours pensé. Il est mon autre moi masculin. Étrange qu'elle éprouve le même sentiment à son égard.

Elle poursuit :

— Nous étions simplement sur la même longueur d'onde, la même fréquence. Nous ressentions les douleurs comme les bonheurs de l'autre. Vous savez, c'était comme si un fil invisible nous reliait. Jamais auparavant je n'avais rencontré quelqu'un avec qui tout était parfait. Même les imperfections étaient, à mon sens, parfaites. Quand on aime, on accepte tout, non ? Les qualités comme les défauts. C'est comme ça que je vois les choses, en tout cas. Pendant dix ans, nous avons été tellement heureux. Puis il est parti subitement. Comme un voleur.

Elle marque une pause, fixant le sol humide où une flaque se trouble à chaque goutte d'eau qui y tombe.

— Vous a-t-il expliqué les raisons de son départ de Paris ? Ce qui l'a poussé à revenir vivre ici ?

— Le décès de sa mère, je présume.

Elle lâche subitement un rire hystérique qui me met mal à l'aise. Elle relève la tête. Quelle contradiction sur son visage. Il est si beau et si sombre à la fois. Son regard noircit en l'espace de quelques secondes.

— Vous présumez mal, Faustine. S'il est revenu vivre ici, c'est pour vous !

60

Annabelle est repartie comme elle était venue. Sans prévenir. Elle s'est levée et est retournée à sa voiture sans me donner aucun éclaircissement. Que voulait-elle au juste ? Quel message souhaitait-elle me faire passer ? Voulait-elle reconquérir le cœur de son bien aimé ? Voulait-elle juste se faire du mal ?

Aux questions que je me pose sur elle, se joignent celles qui commencent à poindre au sujet de mon meilleur ami. Pourquoi Mathieu a-t-il prétexté qu'il revenait pour moi ? Était-ce vrai ou simplement une excuse pour fuir Paris et Annabelle ? Jamais je ne lui avais demandé le moindre service depuis son départ. Nous n'avions absolument plus aucun contact. Alors pourquoi aurait-il bouleversé sa vie pour moi ? Cela me paraissait plutôt improbable.

Deux jours plus tard, je me suis rendue chez lui. J'ai sonné. Mes bras étaient chargés.

— Qu'est-ce que tu fais là ?
— Salut, moi aussi ça me fait plaisir de te voir !
— Mais qu'est-ce que tu as apporté ?
— De quoi manger. Puisque tu ne trouves pas le temps d'aller au restaurant, je me suis dit qu'il fallait le faire venir à nous. Je suis passée au chinois.

Nous avons tout installé sur la table. Mathieu avait l'air fatigué avec sa barbe mal rasé et ses cernes sous les yeux et je le lui ai fait remarquer.

— On dirait que tu ne dors pas beaucoup ?
— C'est le moins qu'on puisse dire.
— Des soucis ?

Il s'est contenté de hausser les épaules et est allé chercher des assiettes et des couverts.

La maison était sens dessus dessous : du linge sale dans un coin du salon, des piles de papiers sur le bureau, des boîtes de pizza restées sur le coin de la table. Une odeur de renfermé imprégnait les lieux. Ça ne lui ressemblait pas, tout ce désordre.

— La femme de ménage est en congé ? lui ai-je demandé ironiquement.
— Je ne trouve pas le temps, a-t-il soupiré.

Depuis qu'il est revenu, Mathieu ne travaille pas. Sa seule véritable occupation consiste en la mise en place de son spectacle. La représentation a lieu dans deux mois. Il semble disposer d'assez d'argent pour en vivre. Peut-être a-t-il touché de gros cachets avant de revenir ici. Je m'en étonne mais je m'abstiens de lui poser toute question à ce sujet. L'état de ses finances ne me regarde pas et j'imagine qu'il chercherait un job s'il en avait besoin.

Je ne comprends donc pas vraiment qu'il ne puisse pas trouver le temps de faire un peu de rangement. La mise en place de son spectacle ne peut pas lui voler tout son temps. Je me demande plutôt s'il ne commence pas à déprimer. Le manque de la ville, de Paris, d'Annabelle aussi.

Nous avons entamé notre repas en silence. Ne sachant pas de quoi il aurait envie, j'avais pris un peu de tout : des nems au poulet, des nouilles chinoises sautées aux crevettes, des samoussas au bœuf, du riz cantonais avec une sauce aux légumes. Il y en avait assez pour quatre.

— Comment ça se passe au travail ? m'a-t-il demandé.

— Plutôt bien.

— Pourquoi plutôt ?

Je ne lui avais pas encore annoncé la nouvelle qui m'avait bouleversée quelques jours plus tôt.

— Mariette veut vendre la boutique.

Mathieu a gardé le silence, certainement pour réfléchir aux conséquences que cette décision aurait sur ma vie. Je ne lui ai pas laissé le temps de cogiter davantage.

— Elle m'a proposé de la reprendre.

— Génial ! Tu vas accepter ?

C'était plus une affirmation qu'une question. À mon tour, j'ai haussé les épaules.

— Quoi ? Tu ne veux pas ? Pourtant c'est une superbe opportunité. Tu n'en auras pas deux comme celle-ci. Tu connais ce métier sur le bout de tes doigts, tu reprends une clientèle qui te fait confiance, la boutique tourne bien. Il n'y a pas à hésiter. Fonce !

Il avait sûrement raison. Je n'aurais pas dû me poser toutes ces questions. Il était aussi vraisemblable que la plupart des gens n'auraient pas hésité. Mais moi, je ne suis pas comme les autres. Chaque décision est mûrement réfléchie. De toute façon, je ne me souviens pas avoir pris de décisions primordiales dans ma vie. Les responsabilités, je les évite. En quittant le nid parental, j'ai opté pour le loyer plutôt que pour l'achat d'une maison. J'ai préféré le célibat plutôt que la charge d'une famille. Qui sait comment ça se serait terminé ?

La proposition de Mariette me trotte dans la tête depuis plusieurs jours et je n'arrive toujours pas à me décider. Tantôt je m'en sens capable, tantôt je recule d'un pas. Reprendre son commerce signifierait m'ancrer pour toujours ici. Mais en ai-je seulement envie ? D'un autre côté, en quarante ans, je n'ai pas été foutue d'aller vivre ailleurs.

Souvent je repense à ce que Mathieu disait : une maison en Provence, les olives, la lavande et Bôchien.

Avec Mathieu, nous avons dressé la liste des avantages et des inconvénients. Finalement, je suis repartie de chez lui sans avoir pris de décision et avec encore plus de questions dans la tête. Finalement, j'ai oublié de lui parler d'Annabelle.

61

— Combien y a-t-il eu d'héritiers ?
— Pas tant que cela. Beaucoup étaient déjà décédés. Nous avons mis plus de deux ans à retrouver tous les membres de la famille concernés. Vous savez, notre métier rime avec patience. C'est un travail de longue haleine. Rien n'est jamais simple. Bien souvent, on se retrouve confronté à de véritables problèmes. C'est un vrai casse-tête chinois.

Je suis à la fois étonnée et impressionnée par les informations que monsieur Laval me fournit. Cet homme a une mémoire d'éléphant. Il a dû vivre uniquement pour son métier pour en parler ainsi. Il sort une petite fiche cartonnée à carreaux et relit de vieilles notes qui y sont écrites à l'encre bleue.

— Je me souviens particulièrement bien du dossier de votre famille, car des drames comme cela, on n'en rencontre rarement.

Drame ? Pourquoi emploie-t-il ce mot ? Serait-il au courant de ce qui est advenu à ma famille ?

— Qu'entendez-vous par-là ?

Soudain, l'homme est pris d'une quinte de toux dont il ne parvient pas à se dépêtrer. Sa main attrape un verre qu'il remplit d'eau en tremblant. Il en avale une grande gorgée et après quelques secondes, semble se porter mieux.

— Veuillez m'excuser. Je crois que repenser à cet héritage me tourmente un peu aussi. Comme je vous le disais, il y en a dont on se souvient mieux que d'autres. Et pour votre famille, cela s'est avéré très compliqué. Nous avons pris du retard. Entre autres, à cause de ce drame. Cette tragédie, peut-on même dire. Quelle triste histoire. Tant de morts au sein d'un même foyer !

En entendant ces mots, je crois faire un malaise. Quel rapport l'histoire de ma famille a-t-elle à voir avec cet héritage ? Ma tête commence à tourner. Heureusement que je suis assise.

— Je ne sais pas si vos parents adoptifs vous ont mise au courant mais il y avait eu une tragédie similaire à la vôtre, un peu auparavant.

Instantanément, je me remémore la coupure de journal trouvée dans le portefeuille de mon père. Celle que j'ai montrée à Mathieu quelques semaines plus tôt.

Je lui demande prudemment :

— En Belgique ?

Il acquiesce doucement, en me fixant droit dans les yeux.

— Vous êtes au courant ?

Ma tête pivote légèrement de droite à gauche. Il doit lire l'incompréhension sur mon visage puisqu'il éclaire ma lanterne immédiatement.

— Madame Jullien, je ne saurais vous dire la raison pour laquelle l'histoire, parfois, se répète. Quoiqu'il en soit, quelques mois avant que votre père ne perde la raison, une autre famille a péri à cause de la folie d'un homme. Ces gens, Madame Jullien, étaient également des héritiers de madame Pinsard. Ils auraient dû toucher une somme non négligeable. Mais, pour des raisons que personne ne connaît, il en a été autrement. C'est pour cela que je me souviens parfaitement bien de votre famille. Il se passe rarement de telles tragédies. Et l'histoire ne se répète absolument jamais à quelques mois d'intervalle.

La nouvelle agit comme une claque. Cette vérité m'assomme. Est-ce que le destin peut jouer deux fois la même partition dans la même famille ? Est-ce un simple hasard ? Il faudrait que la vie soit vraiment vache. Et surtout, une autre question flotte dans mon esprit : pourquoi ? Mais pourquoi ?

CARNET 3 – 1986 / 1991

Septembre 1990

Nous avons appris que l'un de nos cousins était mort dans des circonstances déconcertantes : il a tué toute sa famille avant de mettre fin à ses jours. Chez eux. Dans leur maison. À l'abri des regards.

C'était un cousin qui vivait en Belgique. Une branche de la famille avec qui nous n'avions jamais vraiment eu de contacts. Nous ne les connaissions pas bien. Seul Richard l'avait rencontré une ou deux fois lors de mariages, il y a bien longtemps. Quand ils n'étaient encore que des gamins.

Quelle histoire ! Qu'a-t-il bien pu arriver ? Pour quelle raison Christian Jullien est-il passé à l'acte ? À quel point faut-il être au fond du gouffre pour devenir un meurtrier ? Celui de sa propre famille ? Était-il dans un état second, comme hypnotisé, poussé par le diable en quelque sorte, hors de lui, un autre homme ? Peut-il en être autrement lorsqu'on décide de supprimer ceux qu'on aime ou qu'on a aimés ?

On peut spéculer sur les raisons d'un tel acte. Mais à quoi cela servirait-il ? Ils ne sont plus là. Paix à leurs âmes !

63

À quel point faut-il être au fond du gouffre pour devenir un meurtrier ?

Ces mots si sensés de mon père ! Pourtant, mon père lui-même a orchestré le meurtre de sa propre famille six mois plus tard. Était-il lui aussi tombé dans la folie ou bien cette histoire avait-elle fait insidieusement son chemin dans son esprit ? L'acte de Christian Jullien aurait-il été une sorte d'inspiration ?

Je referme le carnet pour la énième fois et le repose dans le tiroir de ma table de chevet, que je ferme à double tour. J'en suis presqu'à la fin. Bientôt, j'aurai parcouru l'ensemble des mémoires de mon père. J'appréhende beaucoup la lecture des dernières pages. Que vais-je y découvrir ? Les pensées les plus sombres de l'homme qui m'a donné la vie ? Un revirement de situation ? La dégradation de sa personnalité ? Jusqu'à maintenant, ses écrits m'ont plutôt rassurée. J'y ai retrouvé le père que j'ai connu et que j'ai tant aimé.

Je me demande si Richard en sait plus qu'il ne veut bien le dire. Je suis sûre que c'est le cas. Comment aurait-il pu passer à côté du changement d'attitude de son frère, alors qu'il travaillait tous les jours avec lui ? Alors qu'ils se côtoyaient tout le temps ! Je suis certaine qu'il y a des secrets, des vérités cachées, et je lui en veux de ne rien dire.

64

— Que savez-vous d'autre concernant l'héritage de cette cousine éloignée ?

Je me fie toujours à mes pressentiments. Ce monsieur Laval ne m'a pas encore tout dévoilé. Je le devine à sa façon de se gratter le crâne nerveusement et à sa transpiration qui fait glisser les lunettes sur son nez. Il est mal à l'aise. Mais pourquoi ?

— Vous savez, Madame Jullien, les recherches concernant votre famille ont été surprenantes sur plusieurs points. Il y a eu ce premier drame, en Belgique, qui a quelque peu repoussé l'avancée de notre procédure. Puis quelques mois plus tard, c'est dans votre foyer qu'une histoire similaire a eu lieu. Mais avant cela, il y a eu également le décès de votre grand-père.

L'homme se racle la gorge. Il cherche son verre d'eau et s'empresse d'avaler quelques gorgées.

Où veut-il donc en venir ? Le décès de pépère aurait-il été la cause de la folie de mon père ? Peut-être un élément déclencheur ?

— Lorsque votre grand-père est décédé, nous avions déjà entamé la procédure de recherche des héritiers. Vous n'êtes peut-être pas sans savoir que même la famille des personnes décédées peut hériter, à la condition, évidemment, que le décès ait eu lieu après celui qui laisse un héritage derrière lui. Cela signifie que, puisque votre grand-père était décédé après madame Pinsard, la femme ainsi que les enfants de votre grand-père héritaient automatiquement de sa part. Nous avons donc repris nos investigations afin de vérifier notre arbre généalogique. Nous n'avons pas droit à l'erreur, vous savez. Omettre un héritier serait plus qu'un fâcheux accident. Dans notre métier, il n'y a qu'une étude complète et poussée qui peut nous permettre d'assembler les pièces du puzzle. Si nous omettons une seule pièce, alors le puzzle n'a plus aucune unité.

Plus le vieil homme parle et plus je me demande où il veut en venir. Il me regarde par-dessus ses lunettes, guettant ma réaction. Puis il poursuit.

— Pendant plusieurs mois, donc, nous avons repris le travail de recherche pour reproduire les branches de votre arbre généalogique, Madame Jullien. Et nous avons bien fait. Alors que nous ne pensions n'avoir que deux branches en-dessous de votre grand-père, une troisième s'est formée. Un dernier héritier, dont nous n'avions jusque-là pas connaissance, est apparu.

Je ne sais pas ce qu'il peut lire sur mon visage au moment où ces mots sortent de sa bouche. La stupéfaction ? L'horreur ? Le néant ? Il a certainement l'habitude d'observer les réactions des gens et les expressions sur leurs visages. Il a dû en être spectateur toute sa vie. À chaque fois que son index droit appuyait sur une sonnette, à chaque fois qu'il annonçait qu'une somme importante allait bientôt rentrer sur le compte en banque de ces gens, à chaque fois qu'il découvrait une branche familiale dont personne n'était au courant.

— Est-ce un enfant mort-né ou mort d'une maladie infantile ?

— Ce troisième enfant est encore vivant.

Mon cœur s'emballe. Une bouffée de chaleur m'envahit. Je sors une petite bouteille d'eau de mon sac et en avale de grandes gorgées.

— Pourriez-vous ouvrir la fenêtre, s'il vous plaît ?

Monsieur Laval s'exécute.

— Je sais que c'est un choc.

— C'est le moins qu'on puisse dire.

Il m'observe calmement, les mains posées sur son bureau, les doigts entrecroisés, et pose la question qui va changer ma vie.

— Souhaitez-vous connaître la vérité sur votre famille, Madame Jullien ? Voulez-vous connaître le nom de cette troisième personne ?

Mes oreilles bourdonnent. Je ne suis pas sûre de comprendre le sens de tout cela. Il existerait donc un oncle ou une tante en vie dont je n'aurais jamais eu connaissance. Des membres de ma famille dont je n'aurais jamais entendu parler jusqu'à maintenant. Peut-être même des cousins. Un secret de famille de plus. Une énigme supplémentaire. Comme s'il planait quelque chose de mystérieux sur la famille Jullien.

Je lui réponds positivement d'un signe de tête, incapable de poser un mot sur ce que je viens d'apprendre. Il tire alors une feuille d'une chemise bleue et me la tend. Je la saisis d'une main tremblante, effrayée à l'idée de découvrir le nom de cette personne nouvellement entrée dans ma vie. Je découvre un arbre généalogique. Je lis les premiers noms tout en haut. Ceux de mes grands-parents. Puis ceux de Richard et de Maryse. Ceux de mes parents, Vincent et Annette. Enfin, celui de la troisième branche. Je relis une fois, deux fois, trois fois… dix fois. Mon esprit n'assimile pas ce que mes yeux voient. Ce nom, je le connais ! Cet homme. Non ! Cet oncle ! Je sais qui il est. Mon cœur s'emballe et manque d'exploser. Je sens le sol s'ouvrir sous moi. Puis c'est la chute vertigineuse, le trou noir, la perte de connaissance.

www.les-bonnes-occases.com

Rubrique : divers

Recherche kit à broder.

Je recherche un kit à broder.

Me contacter via mon profil.

The avenger

66

L'oncle Richard et moi n'avons jamais été sur la même longueur d'onde. Ni avant le drame ni après. Après encore moins qu'avant.

Heureusement que tante Maryse était là pour me donner un peu de l'amour dont j'avais besoin. Car, de ce père de substitution, je n'ai jamais rien reçu.

Malgré tout, il ne se gênait pas pour m'infliger une éducation sévère, m'interdisant de faire ce que tous les jeunes de mon âge étaient en droit d'attendre, en me donnant bon nombre de corvées à effectuer alors que son fils, le roi de la maison, se la coulait douce. Cela n'a en rien arrangé notre relation, déjà mal partie au départ.

Qu'il ne sache pas s'y prendre avec les jeunes filles était une chose, mais qu'il me pourrisse la vie en était une autre.

Je me vengeais sans qu'il le sache. Parfois je crachais dans sa soupe avant de poser son assiette sur la table s'il avait eu le malheur de répondre négativement à une demande de sortie. D'autres fois, je collais mes chewing-gums mâchouillés sous ses godasses avant de partir à l'école et j'imaginais que ça devait bien le faire chier de se retrouver avec des semelles collantes. Rien de bien méchant, juste des petites vengeances à mon échelle, pour lui faire les pieds, au vieux.

Le seul que je pouvais voir presque autant que j'en avais envie était Mathieu. Sûrement parce que Richard savait que nous étions comme frère et sœur et que jamais rien ne se passerait entre nous. Sûrement aussi parce qu'il devait bien être content que je sorte de temps à autre et que je lui foute la paix. J'imagine que, parfois, il devait avoir envie d'être seul avec sa vraie famille. Juste avec sa femme et son fils. Juste avec Maryse et Alexis.

Comment aurais-je réagi si Alexis s'était immiscé dans ma famille ? L'aurais-je accepté ? L'aurais-je considéré comme un frère alors que j'en avais déjà un ? L'aurais-je aimé comme Florian, mon vrai frère ? Je suppose que non. Je suppose que j'aurais continué à le considérer comme mon cousin. Et c'est certainement ainsi que Richard et Alexis me voyaient. Respectivement comme la nièce et la cousine. Seule Maryse a tout fait pour combler le manque d'amour parental qui me hantait, pour que je me sente comme chez moi. Ce n'est que grâce à elle que je me suis sentie plus à ma place chez eux que dans une famille d'accueil complètement inconnue. Peut-être avais-je quelque peu comblé un de ses manques ? Peut-être avais-je été la fille qu'elle n'avait pas eue ?

Quand l'oncle Richard s'absentait pendant plusieurs jours pour des raisons professionnelles, tante Maryse m'autorisait des sorties dont son mari n'aurait même pas voulu entendre parler en rêve. Elle m'a ainsi permis de vivre une partie de mon adolescence que le vieux me refusait. J'ai pu aller à quelques fêtes d'anniversaires, me défouler avec les copains, boire mes premiers verres d'alcool avec eux et crapoter mes premières cigarettes.

Je me suis toujours demandé pourquoi le vieux me refusait tout. Qu'est-ce que ça pouvait bien lui foutre ce que je faisais de ma vie puisqu'il ne me portait pas dans son cœur ?

N'aurait-il pas aimé me voir tomber amoureuse à dix-sept ans et partir vivre ailleurs dès ma majorité ? Avoir un enfant supplémentaire à charge, sans rien avoir demandé à personne, ça avait dû être rude.

Pourtant, moi, je n'avais rien demandé à personne non plus. Ni de vivre chez eux. Et encore moins que la totalité de ma famille soit supprimée en quelques coups de fusil.

67

Ce soir, j'ai décidé de m'incruster en douce dans les coulisses des répétitions. Mathieu ne vit plus que pour le spectacle qui se déroulera dans deux semaines. Les répétitions ont lieu tous les soirs. Je pénètre dans la salle des fêtes et me poste en retrait, dans un coin où personne ne peut me voir. Je suis la petite souris. Au loin, sur la scène, j'aperçois Charlotte Croix, une fille du village de mon âge. Elle donne la réplique à Gérard Jardin, un ancien de Charentin. Elle a l'air d'être dans son élément, sur le devant de la scène. C'est tout à fait son genre. Quand elle a entendu parler du projet de pièce de théâtre, elle n'a pas hésité une seconde à se présenter. Son nom était le premier sur la liste des participants.

Lundi dernier, en faisant mes courses, je l'ai croisée. Elle m'a vue et m'a accostée pour me parler.

— Tu savais, Faustine, que Mathieu était devenu metteur en scène ?

— Oui, par sa mère, lorsqu'elle était encore vivante.

— Si on me l'avait dit…

Croit-elle que cela aurait changé sa vie ?

Charlotte possède toujours un avis sur tout et sur chacun d'entre nous. Les maîtresses de l'école de sa fille sont trop strictes mais n'avancent pas assez vite dans le programme. Les employés de la ville pourraient y mettre un peu plus du leur pour désherber et nettoyer les rues. Les paysans traitent sans penser à l'environnement. Les politiciens sont tous des bons à rien. La façade de la boulangerie mériterait d'être refaite, ça ne donne pas envie d'y acheter son pain. Les cigarettes électroniques empestent encore plus que les vraies. Les enfants de sa voisine sont beaucoup trop bruyants. Il fait toujours trop chaud, mais quand il pleut, ça ne va pas non plus. Une éternelle râleuse et insatisfaite de son existence. À l'école, elle était la rapporteuse. Celle que je détestais le plus.

J'imagine ce qu'elle peut penser de moi, de mon parcours de vie. Ça doit lui inspirer bien des choses, à elle qui est au-dessus de tout. Des ragots, des racontars. Nous ne sommes pas copines. Nous ne l'étions pas non plus à l'école primaire, mais nous sommes de la même génération. On se connaît, comme on dit. Et on se supporte.

— C'est un vrai professionnel. Je crois qu'il a décelé en moi un réel potentiel. Mes parents m'ont toujours dit que j'avais un talent de comédienne. Cela semble se confirmer. Mathieu va peut-être m'aider à me faire une place dans le monde du spectacle. Imagine, les Folies Bergères, le Trianon, le Théâtre des Variétés, Le Point Virgule !

— C'est sûr que ça te changerait de ta caisse !

Passer les achats des autres devant un scanner et faire payer les clients, voilà ce que fait Charlotte Croix. Je ne remets pas en doute ses talents de comédienne, mais elle s'emballe un peu trop à mon goût. Ma remarque ne lui a pas plu.

— Bon, j'ai fini ma journée. Je vais répéter mes textes. Salut.

En l'observant sur les planches, je constate qu'elle est à l'aise. Ça ne fait aucun doute. En revanche, je ne suis pas convaincue par son talent. Mathieu est assis face à la scène, les mains devant la bouche. Il semble retenir sa respiration. Je ne pense pas qu'il estime que Charlotte Croix soit un prodige. Sa voix est un peu trop criarde, ses gestes peu naturels. Mais qu'importe, elle n'est pas sur la scène d'un théâtre de la capitale, mais sur celle de la salle des fêtes de Charentin.

Je sais que Mathieu veut que tout soit parfait. Il l'arrête, lui donne quelques conseils. Elle l'écoute sans broncher. À cet instant, le petit Mathieu qui se faisait lyncher à l'école primaire est un dieu et Charlotte Croix serait prête à tout pour sortir de sa misérable vie et gagner les planches des plus grandes salles parisiennes.

Dix minutes plus tard, pour Charlotte et Gérard, la répétition est terminée. Mathieu leur dit au revoir.

— Je vous revois dans trois jours, à la même heure.

Charlotte lui adresse son plus beau sourire et disparaît dans les coulisses, suivie de Gérard qui se déplace plus lentement, à l'aide d'une canne.

D'autres personnes entrent en scène. Je ne les ai jamais vues. Il s'agit des amis de Mathieu, des acteurs professionnels qu'il a contactés pour la représentation finale. Le bouquet en quelque sorte. Il y a plusieurs adultes et je m'étonne de voir également des enfants. Sept acteurs. Mathieu, toujours face à la scène, me tourne le dos. Il ne sait pas que je suis là.

— On la fait avec le décor ? demande un jeune homme.

— Non, pas cette fois-ci. Quoique…

Mathieu hésite un instant, mais répond négativement.

— On fera la totale la semaine prochaine, avec les costumes.

Les acteurs prennent place. Chacun sait ce qu'il doit faire. Le silence règne. Ils se concentrent. Mathieu leur fait signe de débuter.

Ma gorge sèche se met alors à me gêner et j'étouffe un toussotement. Mathieu m'entend et se retourne.

— On arrête tout ! On fait une pause, dit-il aux acteurs.

Il se dirige vers moi.

— Mais qu'est-ce que tu fous là ?

— Je suis venue voir comment se passaient les répétitions, lui dis-je en souriant. Je ne voulais pas vous déranger, je suis désolée.

— Ça fait longtemps que tu es là ?

— Quelques minutes. J'ai vu la fin de la représentation de Charlotte et de Gérard.

Étrangement, mon ami d'enfance semble plutôt fâché de me trouver ici.

— Je t'avais dit que c'était une surprise. Je regrette, Faustine, mais tu ne peux pas assister aux *répètes*.

— Tu sais que je suis curieuse de ce que tu nous prépares. Allez, s'il te plaît, je peux rester ? Juste un peu... Je me ferai toute petite. Promis !

Mais Mathieu n'en démord pas.

— Un *non* est un *non*. Rentre chez toi. Dans deux semaines, tu pourras assister au spectacle.

La mine défaite, je l'embrasse sur la joue et tourne les talons. Ce soir, je ne saurai rien de plus.

68

Parfois, je repense à Brice et à la manière dont nous nous sommes séparés. Rien ne pouvait laisser présager une séparation puisque nous nous aimions à la folie, mais Brice parlait de plus en plus de son attachement, de son envie d'avoir une famille. Et plus ses envies se faisaient pressantes, plus ma peur grandissait. Je ne me sentais pas capable d'être responsable d'une autre vie tant que j'étais préoccupée par la mienne. Mes angoisses d'un schéma répétitif étaient devenues trop importantes et j'ai décidé de mettre un terme à notre relation. Un matin, je lui ai laissé une lettre sur la table, lui expliquant mon passé, mes peurs, mon amour pour lui. J'y écrivais aussi de façon très claire que je n'étais pas encore prête à m'engager réellement, que je ne pouvais pas lui donner ce qu'il attendait de moi et qu'il serait plus heureux avec une autre femme. Ma dernière phrase était une demande : il ne devait pas chercher à me revoir ni essayer de me convaincre du contraire. Je le priais d'accepter cette volonté. Et il l'a fait.

Depuis ce jour, depuis notre rupture, je n'ai plus jamais eu de nouvelles de lui. Je ne l'ai jamais revu. Même pas aperçu. Pourtant, je pense qu'il vit toujours dans le coin. À moins qu'il n'ait fini par partir loin, avec son van. En Nouvelle-Zélande peut-être, comme il en rêvait tant. S'est-il marié ? A-t-il eu des enfants qui lui ressemblent ? Sûrement. Y penser me pince le cœur.

Nous aurions pu être heureux si je nous avais laissé une chance. Mais à quoi bon ressasser le passé ? À quoi bon se poser toutes ces questions ? J'ai laissé passer ma chance. J'ai laissé le bonheur s'enfuir.

C'est comme dans la chanson de Claude François. *Et même si Brice revenait, je crois bien que rien n'y ferait. Notre amour est mort à jamais. Je souffrirais trop, si Brice revenait.*

Je ne suis jamais retombée autant amoureuse. Il n'y avait eu que très peu d'hommes après lui. Plus des histoires de sexe que des histoires d'amour. Plus des histoires d'un soir que des histoires qui durent. Plus des histoires pour assouvir un besoin que pour construire un futur.

À quarante ans, un avenir familial me semble bien compromis. Les hommes de mon âge sont soit mariés, soit divorcés – mais pères de famille –, soit célibataires depuis trop longtemps pour envisager une vie de famille. Comme moi. Je ne me vois pas avec quelqu'un et encore moins devenir la belle-mère d'un enfant de quinze ans. J'ai loupé le coche. Je ne reprendrai pas le train en marche. Je resterai seule sur le quai et je le regarderai s'éloigner.

69

Le vieux toussote dans son fauteuil. Depuis une semaine, il n'est pas en grande forme. S'il pouvait *clamser* !

Suis-je un monstre pour penser de telles horreurs ? Assurément. Je suis comme mon père. Lui a tué des gens pour de vrai. Moi, je ne les trucide pas mais je souhaite leur mort. C'est tout aussi grave.

C'est juste plus fort que moi. Je ne le supporte plus. Je ne l'ai jamais vraiment supporté, d'ailleurs.

— Tu as pris tes médicaments ?

Une question que je ne pose que pour me donner bonne conscience. Afin de m'octroyer un semblant d'humanité. Pourtant, il n'y a qu'avec lui que je me comporte ainsi. Avec les autres, Mariette, Mathieu, je suis plus douce. Non, je suis juste normale. Mais en la présence du vieux, toute mon amertume revient au galop. Je rejette ma haine sur lui. Je sais qu'il me cache quelque chose sur la mort de mes proches et pour ça, j'éprouve du ressentiment à son encontre. Je lui en veux de ne rien me dire et de me laisser souffrir. Une douleur qui dure depuis plus de trente ans. Alors, lorsque je le vois en baver à son tour, avec ses rhumatismes et autres petits bobos, une certaine satisfaction m'envahit.

En guise de réponse, il se contente de gémir.

— Tu as de la fièvre, peut-être ?

Je m'approche de lui et pose ma main sur son front. Il n'est pas bien chaud. Les vieux ne sont jamais vraiment chauds. Sûrement par manque d'activité. Ils ont cette peau fraîche et moite, cette peau marquée par les années. J'aimais caresser le bras de mémère quand j'étais petite. Je me rappelle sa peau tendre, pâle et bleuie par ses veines apparentes. Je me souviens que sa vieillesse me rassurait. Ça voulait tout simplement dire, dans ma tête d'enfant, que tout le monde ne mourait pas dans une maison avec une balle dans la tête. Ça signifiait aussi qu'on pouvait vivre vieux.

L'oncle Richard me regarde, l'air interrogateur.

— Non, tu n'es pas chaud.

Son visage reste impassible. Que peut-il bien penser ? Que peut-il se passer dans la tête d'un vieil homme qui n'attend que la mort ? Il ne marche plus beaucoup, n'a que peu de visite d'amis, n'a plus beaucoup d'appétit, n'a pas de loisirs, ne sort que rarement. Ses seules occupations sont : regarder la télé, lire le journal, parfois un livre. Mais ça aussi, ça se rarifie, car il n'y voit plus très clair. Il ne parle pratiquement jamais, hormis pour prononcer quelques banalités. Son fils ne vient jamais lui rendre visite. Comment lui en vouloir ? Avec un père comme ça.

Je retourne à mes fourneaux, perdue dans ces pensées obscures.

— Maryse…

Il a lâché son prénom comme ça. Ça m'a surprise sur le moment. Depuis qu'elle est morte dans cet accident de voiture, il n'en parle jamais. Comment peut-on ne pas évoquer la personne qui a partagé toute sa vie ? Sa propre femme ? Comme s'il avait tiré un trait sur le passé. Comme si la mort était synonyme d'oubli.

Il a recommencé.

— Maryse… je vais aller la rejoindre.

— Qu'est-ce que tu dis ?

— J'en ai marre. C'est la fin.

Ces mots me choquent, alors qu'au plus profond de moi, je n'attends que son départ. C'est comme s'il y avait eu une transmission de pensée entre lui et moi. Comme s'il répondait aux interrogations qui me traversaient l'esprit quelques minutes plus tôt, il poursuit.

— Je suis vieux. Il va être temps. Je ne sers plus à rien.

Cette lucidité, sortant de sa bouche, m'étonne. Je ne réponds pas. Je le laisse parler. Son âme en a certainement besoin. Elle se tait depuis si longtemps.

— Je n'ai pas mérité une vie aussi longue et cette attente est un calvaire. Ça doit être ma punition. Pour toutes les bêtises que j'ai faites. Je n'ai pas été le plus droit. J'ai pêché à maintes reprises. Oh oui, souvent ! Maryse… je ne la reverrai sûrement pas. Je vais aller en enfer.

— Tu n'y vas pas un peu fort, là ?

Je m'assois sur une chaise, face à lui. Il a les yeux humides. Il est sans aucun doute aussi fatigué physiquement que moralement.

— Ma pauvre fille, si tu savais…

— Raconte-moi. On a le temps.

Nos regards se croisent. La tristesse que je lis dans ses yeux me transperce. J'éprouve presque de l'empathie pour lui à cet instant précis, malgré tout ce que je sais de l'homme qu'il est et qu'il a été.

— Si c'était si simple à dire, je l'aurais fait il y a longtemps ! J'ai commis des erreurs. Des gestes impardonnables. À commencer par ma femme. Elle a souffert. Tellement souffert.

Il baisse la tête, fixe le sol carrelé de la cuisine et se tait.

— Pourquoi a-t-elle tant souffert ? À cause de ton addiction au jeu ?

Mais il ne répond plus. Il est là sans l'être vraiment. Il est parti ailleurs, loin dans ses pensées. Je lui repose la question doucement. Si seulement il pouvait délier sa langue et m'apprendre des choses nouvelles concernant le geste de mon père. Mais il continue de fixer le sol. Une larme roule sur sa joue. Je décide de le laisser et rejoins ma chambre.

CARNET 3 – 1986 / 1991

Décembre 1990

Plus les mois passent et plus je me demande comment nous allons nous en sortir. Richard vole de l'argent à l'entreprise. J'en suis convaincu maintenant. Jamais je n'aurais pensé qu'il puisse mettre notre société en péril. Nous sommes dans un de ces merdiers !

C'est du vol ! Non, c'est encore pire que ça, c'est de l'escroquerie. Mon frère est un escroc. Voler l'argent de l'entreprise, voler sa propre famille pour aller le jouer au casino. Je le savais atteint mais jamais je n'aurais imaginé qu'il irait aussi loin dans sa connerie. Merde ! Mais qu'est-ce qu'on va devenir ? Qu'est-ce que je dois faire ?

Hier soir, nous en sommes presque venus aux mains. Il sait que je sais. Il ne peut plus le nier. Je l'ai pris la main dans le sac, l'autre jour, en train de se servir dans le coffre. Et tous ces virements sur son compte, pour de faux remboursements de soi-disant apports personnels. Et dire que ça fait plusieurs années déjà qu'il me mène en bateau. Qu'il m'assure que tout

va bien alors que notre entreprise est en train de couler. Je pourrais l'emmener devant le tribunal !
Si maman apprenait ça, elle en mourrait.
Je me suis rendu chez le docteur Lambert. J'ai commencé à prendre des médicaments pour soulager mes nerfs. Je sens que je perds le contrôle. Je sens que toutes ces histoires de famille me tapent sur le système. Je ne tiendrai pas le coup sans aide médicale. Je n'en ai pas parlé à Annette. Elle pense que je prends des compléments, des vitamines. Comme chaque fin d'année, la grande fatigue arrive. Un remontant est nécessaire. Sinon, je ne tiendrai pas le coup.

Ce sont les dernières lignes. Après cela et jusqu'au drame, trois mois plus tard, il n'y a plus rien. Quelle déception. Moi qui pensais en apprendre plus.

Qu'a-t-il bien pu se passer ensuite ? Les médicaments ont peut-être trop agi sur lui ? Ou bien il a arrêté son traitement ce qui l'a entraîné dans une chute vers l'enfer ? J'ai beau ressasser toutes les informations que je connais, j'ai beau imaginer des scénarios différents, ça ne change rien. Le résultat reste le même. Le 9 mars 1991, toute ma famille est morte des suites de la folie de mon père. Tout le monde, sauf moi.

71

Mariette attend toujours ma réponse, mais je ne sais pas quoi lui dire. Je suis tentée. Je suis apeurée. J'attire tout le temps la poisse. Alors j'hésite à me jeter à l'eau. Et si ce nouveau projet capotait ? Et si je faisais couler la boutique ? Mariette me le pardonnerait-elle ?

Comme le dit Mathieu, la clientèle me fait confiance et je connais le métier par cœur, mais ça ne signifie pas que je serais une gérante compétente. Il me faudrait du personnel. Une vendeuse avec qui je m'entends bien. Je préfère travailler dans la convivialité. Mais serais-je à la hauteur ? Serais-je capable de diriger tout en restant une personne aimable ? L'amabilité n'a jamais été mon fort. Ou peut-être que c'est m'ouvrir aux autres qui est le plus compliqué. Quand je suis parvenue à ouvrir la porte de mon cœur, en principe elle reste ouverte. Mais tomberais-je sur la bonne personne ?

Toutes ces questions qui me trottent dans la tête me font tourner en bourrique. Plutôt que de les garder pour moi, ce matin, j'ai décidé d'en parler à Mariette. Comme toujours, elle saura me conseiller. Elle l'a toujours fait. Je sais qu'elle ne cherche pas à tout prix à me vendre son magasin. Si je ne suis pas preneuse, elle trouvera aisément quelqu'un d'autre. Elle a des contacts.

— Tu as deux minutes, Mariette, pour qu'on discute ?

— Bien sûr, ma chérie, toujours ! Tu le sais, dit-elle en relevant la tête de la paperasse posée en pile sur son bureau.

Nous nous installons dans l'arrière-boutique, autour de la table. Comme à chaque fois, la vapeur de nos tisanes s'échappe de nos tasses.

— Je suis embêtée de ne toujours pas t'avoir donné de réponse concernant l'achat du magasin.

Je la regarde en triturant mes ongles. Comme à son habitude, elle me sourit et se veut rassurante.

— Je t'ai dit que tu avais tout le temps du monde, ma chérie. Je n'ai pas l'intention de vendre la semaine prochaine, mais dans les prochains mois. Ce n'est pas une décision à prendre à la légère.

— Mais il va bien falloir que je me décide un jour.

Elle attrape ma main en même temps qu'elle éclate de rire.

— Oui ! Un jour, oui ! Je ne vais pas attendre toute ma vie. Mais ce jour n'est ni demain ni après-demain. Laisse-toi le temps de bien peser le pour et le contre.

Sa réaction ne m'aide pas beaucoup. Elle avale une gorgée de sa tisane et me regarde à travers la vapeur d'eau qui voile ses yeux maquillés de mascara bleu.

— J'hésite, tu sais.

— Je sais. Et c'est normal. Surtout venant de toi. C'est une proposition qui demande à être réfléchie. Je suis prête à te faire une faveur en te faisant un prix spécial. Mais ce n'est pas cela qui doit te décider à accepter ou non. Cela doit aussi venir de là, continue-t-elle en me désignant son cœur.

Je bois à mon tour. Nous restons de longues minutes assises à ne rien dire. Puis elle me met face au vrai dilemme.

— Au fond, le réel problème, c'est que tu as peur !

— Bien sûr que j'ai peur. Depuis que je suis petite, je n'attire à moi que les malheurs.

— C'est faux. Toi, tu attires la chance !

Ses mots sonnent faux dans ma tête. Je pose sur elle un regard empli d'incompréhension. Est-elle tombée sur la tête ? Moi, chanceuse ? Elle connaît mon parcours. Elle connaît ma vie. Elle connaît mes malheurs. Comment peut-elle prétendre une telle absurdité ?

Elle ne me laisse pas le temps de rétorquer.

— Je sais que tu crois que ta vie est un désastre. Mais tu ne portes pas les malheurs du monde sur tes épaules. Il est vrai que ton enfance a été difficile et que ta vie a été plus compliquée que celle de bien d'autres. Mais dans tout ce malheur, tu as eu de la chance !

— Quand ça ?

— Le jour où tout a basculé. Toi, tu as survécu. Les autres n'ont pas eu cette chance. Toi, oui !

— Mais…

— Non Faustine. Tu dois arrêter de voir le verre à moitié vide. Commence enfin à le voir à moitié plein.

Tu as survécu, ce jour-là. C'est un miracle. Tu es une miraculée !

Mariette y va un peu fort. Jamais de la vie je n'aurais employé ce mot pour me définir. Jamais le mot miracle ne pourra désigner ce jour de mars 1991.

— Arrête de te considérer comme une victime. Bien sûr, tu as vécu un choc émotionnel, mon enfant, et quel choc ! Mais tu as survécu. Tu as droit à une deuxième chance. Tu dois ouvrir les yeux et enfin te rendre compte que tu vis. Oui, tu vis, Faustine ! Les autres sont morts, c'est vrai. Mais pas toi. Toi, tu es belle et bien vivante !

— Moi, je suis morte de l'intérieur.

— Eh bien, ressuscite ! Cesse de culpabiliser ! Cesse de croire que tu n'as pas le droit d'être heureuse. Si quelqu'un a droit au bonheur, c'est bien toi ! Tu as le droit d'être heureuse, Faustine. Tu es protégée.

Je le dévisage, interloquée par ses propos.

— Comment ça, protégée ?

— Par un guide, un ange gardien.

Mariette, la femme la plus cartésienne que je connaisse, me parle d'ésotérisme. Que lui arrive-t-il ? A-t-elle perdu la raison ? Elle qui a toujours la tête bien posée sur les épaules, elle qui, à mes yeux, représente la plus grande sagesse.

— Tu as de la fièvre, Mariette ?

Elle se met à rire.

— Non, je te rassure, je vais parfaitement bien. J'ai l'esprit très clair, si c'est la question que tu te poses. Je te demande juste aujourd'hui, enfin, d'ouvrir les yeux et de commencer à vivre, à voir les choses sous un autre angle. Tu n'es pas une victime. Tu es une rescapée de la vie, une réchappée, une survivante. Tu es une miraculée ! Et pour cette unique raison, tu n'as pas le droit de te lamenter plus longtemps sur ton sort. Pense à tous ceux qui n'ont pas eu ta chance et qui auraient sûrement aimé en avoir une. Juste pour eux, rien que pour ces personnes-là, tu dois vivre. Pour Florian ! Pour Fanny ! Vis, Faustine. Vis ! Il est temps de recoudre les blessures !

Ces mots me chamboulent. Personne ne m'a jamais parlé comme ça. Personne. Ni Mathieu ni Maryse et encore moins Mariette.

72

Le réveil sonne mais je ne dors déjà plus depuis plusieurs heures. Allongée sur mon lit, j'observe le plafond. Mes cernes ont dû se creuser encore plus. J'ai à peine fermé l'œil. La nuit a été rude.

Les paroles de Mariette ont tourné en boucle dans mon esprit. Les seuls rêves que j'ai faits m'ont malmenée toute la nuit. Des images *a priori* sans aucun sens, mais qui ont sûrement une signification.

Lorsque j'étais adolescente, j'aimais analyser mes songes. Nous avions un livre à la maison. Un genre de lexique sur la signification des rêves. Le matin, en me réveillant, je notais des mots clés sur un cahier pour ne pas oublier. *Cheval, maison, voler dans le ciel, tomber, creuser dans la terre, bouquet de fleurs, pleurer, cercueil, Mathieu, maison, piscine, forêt, écureuil, mourir.* En rentrant de l'école, je prenais le temps de regarder la définition de chaque mot, je fermais les yeux et me concentrais pour replonger dans le songe – parfois le cauchemar – qui m'avait marquée. Ça n'a jamais rien changé quoi que ce soit à ma vie, mais quelque part, ça me fascinait de me dire que mon subconscient connaissait des vérités qui m'échappaient. S'analyser soi-même, tout un paradoxe.

Les mots de Mariette résonnent encore dans ma tête. « Tu es une miraculée ». Suis-je passée à côté de ma vie en me repliant sur moi-même et en me lamentant sur mon sort ?

« Tu ne te rends pas compte, ma chérie, de la chance qui t'entoure. Tu as échappé à l'horreur. Tu es la seule survivante d'un terrible drame. Tu as été prise en charge par ton oncle et ta tante qui t'ont considérée comme leur enfant. Tu aurais pu atterrir dans une famille d'accueil complètement inconnue. Tu es tombée sur mon affiche par hasard. Pourtant, ce jour-là, quelque chose m'a poussée à aller à ta rencontre, à te parler et à te proposer un travail pour lequel tu n'avais aucune qualification. Je ne crois pas au hasard, Faustine. Je crois aux coups du destin. Tu as eu de la chance à de nombreuses reprises. Ouvre les yeux. Tu es protégée. Tu as un guide qui t'accompagne. Regarde sur ta chaîne de baptême. Il est là. Avec toi ! »

J'ai regardé cette médaille qui pendait au bout de sa chaîne. Je l'ai toujours conservée autour du cou. Je sais qu'au verso sont gravés en italique mon prénom et ma date de naissance. Au recto figure un personnage. Je le sais aussi. Mais je ne l'ai jamais détaillé. Il s'agit d'un petit ange, appuyé sur la table, la tête tournée vers le ciel, l'air pensif. Jamais, en quarante ans, je n'y avais vraiment prêté attention.

« Tu es protégée ! »

Et si Mariette avait raison ? Et si j'étais passée à côté de ma vie ?!

73

J'ai invité Mathieu à manger chez lui. Normalement, ça ne se fait pas, mais je ne veux pas l'inviter chez moi à cause du vieux. J'ai confectionné deux salades, acheté des brochettes, un fromage et j'ai fait une tarte au citron dont je sais qu'il raffole.

Nous nous installons dans son jardin. Du temps où sa mère était encore vivante, il y avait des fleurs partout, des pots avec des herbes aromatiques, un petit carré de potager tout au fond. Aujourd'hui, les quatre cents mètres carrés sont en friche. Il y a des fleurs qui poussent de-ci de-là, car les oignons sont toujours en terre, mais elles cohabitent avec des herbes hautes.

— Tu pourrais tondre la pelouse.

— Je n'ai pas le temps.

— Tu veux que je le fasse ? Je peux passer demain après le travail, si tu veux.

— C'est gentil, mais non. Je m'en occuperai après la représentation. Plus qu'une semaine.

Installés sur le salon de jardin, nous dégustons notre repas, à l'abri d'un parasol qui nous protège du soleil de plomb.

— Ça avance bien ?

— Oui, nous serons prêts pour le jour J.

— Tu as le trac ?

— Moins que les acteurs, je pense. Mais, oui, un peu aussi. On espère toujours que tout se passera sans incident, qu'il n'y aura pas de malade à la dernière minute, que personne n'oubliera son texte, que le public appréciera.

Mathieu est pensif. Il me semble changé, depuis plusieurs mois. Il ne le sait pas encore, mais lui et moi avons des comptes à régler.

— J'ai eu de la visite il y a quelques jours.

Il lève les yeux, attentif cette fois.

— Annabelle est venue me voir.

La nouvelle le surprend, je le comprends à l'expression de son visage. Il rougit.

— Qu'est-ce qu'elle te voulait ? demande-t-il, mal à l'aise.

— Tu ne crois pas que c'est à toi de me le dire ?

Il tourne la tête et se met à observer le jardin. Il fuit mon regard. Il fuit les explications.

Je ne crois pas à grand-chose mais je crois aux caractéristiques qui découlent des signes astrologiques. Je suis convaincue que les astres exercent une influence sur nos vies. J'analyse les signes pour mieux comprendre ceux qui vivent autour de moi. Mathieu est né le 5 mars 1982, il est Poissons. Et c'est à cela que je pense alors qu'il fuit mon regard. J'ai lu et relu tant de fois les caractéristiques du Poissons que je les connais presque par cœur :

Dans ses meilleurs jours, le Poissons est quelqu'un de dévoué qui prête volontiers main-forte à un proche ou à un ami. Mais lorsqu'il est devant une situation délicate, telle que celle qui le mettra face à la souffrance d'une personne, il a tendance à se défiler, à fuir la réalité et par conséquent, à se dérober à ses responsabilités.

C'est bien connu que les natifs et les natives de ce signe d'eau aspirent à un monde idéal, où on vivrait tous en harmonie. Au lieu d'accepter la dure vérité, le Poissons aime plutôt se réfugier dans son imaginaire, là où il espère pouvoir échapper à une situation embarrassante et contraire à son rêve d'idéal.

Je décide de débarrasser la table pour lui laisser le temps de la réflexion. J'emporte quelques plats dans la cuisine et reviens avec des assiettes propres ainsi que la tarte au citron que je dispose sur la table. Il n'a pas bougé d'un centimètre.

— Alors ? Je t'écoute.

La confrontation est inévitable. Si je ne le secoue pas, il ne lâchera rien.

— Alors, je ne sais pas pourquoi elle est venue, s'énerve-t-il. C'est toi qu'elle est venue voir, non ?

— Elle n'est pas venue pour me parler de la pluie et du beau temps. Et nous ne sommes pas copines.

Mathieu se frotte le visage de ses deux mains comme pour se donner de l'énergie. Il soupire.

— Excuse-moi, Faustine. Tu n'y es pour rien. Qu'est-ce qu'elle voulait ? Parler de moi ?

— Oui, mais pour être honnête, elle n'en a pas dit beaucoup. On aurait dit qu'elle venait plutôt chercher

des réponses. Je pense qu'elle t'aime toujours. Mais elle doute à cause de ce que tu lui as dit.
— Quoi ?
— La raison pour laquelle tu es revenu vivre ici.
— Tu sais que c'est à cause du décès de ma mère.
— Pourtant elle m'a dit que c'était à cause de moi. C'est vrai Mathieu, c'est pour moi que tu es rentré ?

Quand Annabelle m'a annoncé la raison du retour de Mathieu, je me suis d'abord demandé si c'était vrai. Aurait-il menti ? Avait-il juste cherché une excuse pour partir plus facilement ? L'espace d'un instant, l'idée qu'il soit amoureux de moi a traversé mon esprit. Mais j'ai vite laissé tomber cette supposition. Mathieu et moi, c'est impossible. Nous sommes comme frère et sœur. Jamais il n'y aura autre chose que de l'amour fraternel entre nous.
Aujourd'hui je crois connaître la vraie raison. À moins que…

74

Lorsque j'ai repris connaissance, monsieur Laval m'a aidée à m'asseoir sur la chaise, il m'a proposé un grand verre d'eau, m'a laissé le temps de reprendre mes esprits. Avant de partir, il m'a donné une copie de l'arbre généalogique. Tout y est écrit noir sur blanc. Je suis sortie de son bureau, je me suis arrêtée dans la rue, au premier caniveau et j'ai vomi tout ce que j'avais dans l'estomac.

Cet arbre généalogique, cette partie de la famille jusque-là inconnue, ces nouvelles découvertes m'ont secouée. Je pensais, du haut de mes quarante ans, que j'avais tout traversé, que le plus dur était derrière moi, mais la vie semble s'acharner sur moi.

Cette nouvelle branche de l'arbre… Comment était-ce possible ? Comment ce troisième enfant avait-il pu exister ? Mon grand-père, que j'avais chéri, que j'avais idéalisé pendant toutes ces années, gardait un secret plus grand que la tour Eiffel. Mémère était-elle au courant ? Savait-elle qu'il l'avait trompée, qu'il avait mis en cloque une autre femme qu'elle ? Avait-elle fermé les yeux ? Lui avait-elle pardonné ? Ou était-il parti dans la tombe avec tous ses secrets ?

Je me demande si papa était au courant et encore plus si l'oncle Richard le savait. Ont-ils eu connaissance de cette autre branche au moment de l'héritage de madame Pinsard, leur cousine éloignée ?

J'ai oublié de le demander au généalogiste. J'imagine que oui. Alors, Richard connaîtrait la vérité et n'aurait jamais rien dit ?

En sortant du bureau de monsieur Laval, je ne savais pas encore ce que j'allais faire de ces nouvelles informations. Il fallait que j'en parle à quelqu'un. À commencer par la personne concernée. J'ai donc décidé d'aller voir cet oncle pour lui en parler de vive voix. Était-il au courant de son appartenance à notre famille ? Plus rien n'est sûr.

En montant dans ma voiture, il m'a encore fallu un certain temps pour assimiler cette nouvelle. Comment avais-je pu passer à côté de tout ça ? J'ai ressorti le document qu'on m'avait remis.

J'y ai lu encore et encore ce prénom et ce nom qui apparaissaient au-dessus des miens. Ce nom que je connais si bien et que, moi-même, j'ai lu et écrit des centaines de fois.

75

— Est-ce vrai que tu es rentré pour moi, Mathieu ?

Il hausse les épaules, puis se lance dans une explication sans fin.

— Plusieurs raisons m'ont poussé à revenir. Charentin me manquait. Le calme, la campagne, les paysages du coin. Mais le départ de ma mère est l'une des causes principales. Je devais m'occuper de la maison et de la paperasse. Et Paris ne me rendait plus heureux. Je te l'ai déjà dit, j'en ai fait le tour. Enfin, bien sûr, je suis rentré pour toi aussi, tu es ma meilleure amie… J'ai dû le dire à Annabelle. Elle a peut-être compris que j'étais tombé amoureux de toi. Elle ne te connaît pas, elle ne sait pas quelle relation nous entretenons et je dois dire que je ne suis pas rentré dans les détails. Ça m'arrangeait bien de la laisser croire qu'il y avait une autre femme. La séparation était plus simple ainsi.

— Plus simple pour toi.

Le ton est cinglant. Il contracte sa mâchoire, mais se retient de tout commentaire. Au fond de lui, il sait que j'ai raison.

Un autre silence pesant s'installe. Il n'ose rien ajouter, regarde le fond de son verre de vin. À quoi peut-il penser ? J'ai envie de lui crier toutes les vérités que je connais, mais je me contiens. Je décide de le provoquer.

— Depuis quand es-tu au courant ?

Il boit le reste de son verre d'un trait, le pose sur la table et me fixe.

— De quoi tu parles ?

— Des secrets de ta mère.

— Je ne vois pas à quoi tu fais allusion.

Il a l'air sincère. Pourtant je sais qu'il est capable de jouer le parfait menteur. Quand nous étions adolescents et que nous rentrions chez lui à moitié éméchés, sa mère ne se rendait compte de rien. Mathieu faisait preuve d'un sang-froid et d'une maîtrise de soi incroyable. Alors que je me cachais derrière lui pour ne pas me faire remarquer et éviter tout soupçon de sa mère, il prenait un air innocent, enchaînant sur des discussions futiles qui nous permettaient de faire passer inaperçues nos frasques de la soirée. Si sa mère s'est un jour doutée de quelque chose, elle ne l'a jamais laissé paraître.

— Je pense au contraire que tu sais très bien de quoi je parle.

À cet instant, il prend un air plus grave. Je poursuis :

— J'ai eu un rendez-vous à Paris il y a quelques jours. Chez un généalogiste. Un certain monsieur Laval. Ça te parle ?

Il ne peut plus faire marche arrière et jouer l'ignorance. Il continue de m'observer en silence. Son regard est un mélange de tristesse, d'amour et d'empathie et je comprends à son expression qu'il sait que je sais. J'imagine ce qu'il peut se passer en lui.

Certainement la même chose que cette découverte provoque en moi.

— J'ai encore du mal à croire que tu sois mon oncle. Tu te rends compte ? Nous avons grandi comme deux cons dans l'ignorance la plus totale. Tu crois que mon père était au courant ?

— Lequel ?

— Les deux…

Mathieu hausse les épaules, lâche un grand soupir qui ressemble plus à du soulagement qu'à de la résignation.

— Je pense que beaucoup étaient au courant. Mais je ne saurais pas te dire qui exactement.

— Maintenant que tu sais qui était ton père, toi qui l'as cherché si longtemps, comment tu te sens ?

— Je m'étais imaginé tout sauf ça, tout le monde sauf lui. Un héros, un aventurier, un soixante-huitard, un gars paumé, un homme riche, un pouilleux. Mais pas une seule seconde je n'ai pensé que ça pouvait être ton grand-père ! Lui à qui nous rendions souvent visite les mercredis après-midi. Je l'appelais même pépère, comme toi. Putain, ton pépère était mon père, Faustine ! Je n'arrive pas non plus à me mettre ça dans le crâne. C'est franchement tordu. Cent fois j'aurais pu vivre des choses avec lui. Il était là, à deux pas de chez moi. Il m'a ignoré. Il m'a délaissé. Il aurait pu venir me chercher à l'école, m'apprendre à pêcher, m'aider à résoudre mes exercices de maths, m'offrir mon premier vélo. Maintenant que je replonge dans mes souvenirs, c'est vrai qu'il passait de temps en temps prendre des nouvelles. Mais il était juste ton grand-père. Pas mon père. C'est un truc de dingue quand même ! Ma mère et lui ? Ils avaient presque vingt ans de différence. Comment cela a-t-il pu être possible ? J'en veux à mes parents. J'en veux à ma mère d'avoir menti à chaque fois que je lui ai posé des questions sur mon père, sur mes origines. Elle a tout fait pour me cacher la vérité. Tout fait pour m'induire en erreur. Pour que je n'entreprenne pas de recherches.

— Elle avait sûrement de bonnes raisons, lui dis-je sans grande conviction.

— Tu m'étonnes. On parle d'adultère quand même. Pas sûr que ta grand-mère l'ait su. Avec le recul, je me demande si ma mère et ton grand-père...

Il s'arrête, semble hésiter, puis ajoute :

— Jamais je ne pourrai dire qu'il s'agit de *mon père*. Il restera toujours *ton grand-père*, peu importe le sang qui coule dans mes veines, peu importe ce qui est écrit sur ces foutus papiers. Je me pose un tas de questions et toutes les réponses sont parties avec eux, dans la tombe.

Mathieu reste pensif un certain temps.

Je lui demande en me levant :

— Tu veux un café ?

Il refuse. Je me dirige vers la cuisine, la tête remplie de questions. Sûrement les mêmes que celles que Mathieu doit ressasser dans son esprit. Pourquoi sa mère ne lui a-t-elle jamais dit la vérité ? Formaient-ils encore un couple après toutes ces années ? Mathieu n'avait-il été que le résultat d'une aventure ou celui de l'amour de toute une vie ? Ses parents avaient-ils continué de s'aimer et préféré taire la vérité pour ne pas faire de vagues dans le village ? Ce qui est certain, c'est que cette fois-ci, il n'y avait pas eu de NGV, pas de « nouvelle à grande vitesse ». Certains sont plus habiles que d'autres pour garder leurs secrets cachés. Comme mon père. Personne ne saura jamais les raisons de ses actes sauvages envers sa propre famille. Lorsque je reviens dans le jardin, Mathieu est absorbé par son smartphone. Il le pose sur la table dès qu'il remarque ma présence.

— Ça va, Math ?

Il acquiesce et esquisse un léger sourire espiègle.

— Oui, ma nièce, me répond-il.

Nous nous fixons avant d'éclater de rire face au ridicule de la situation. Nous étions depuis le début de la même famille et nous ne le savions pas. Peut-être était-il là, le lien imperceptible qui nous unissait depuis toujours sans que nous le sachions ?

— Quand j'ai vidé le bureau de ma mère, j'ai découvert les papiers du généalogiste. Ma mère et moi avons hérité d'une part puisque ton grand-père était décédé. La même que ton père et ton oncle, puisque finalement, ce sont mes demi-frères.

En observant Mathieu de près, je comprends mieux la raison de ses traits fatigués et de l'air grave qu'il affiche depuis quelques semaines.

— Je sais maintenant comment ma mère a pu financer mes études et m'acheter ce dont j'avais besoin malgré son maigre salaire de femme de ménage. Je me suis toujours demandé comment elle parvenait à joindre les deux bouts.

— S'ils étaient toujours en contact, mon grand-père l'a peut-être aidée financièrement. D'une certaine façon, lui aussi était responsable de toi, même s'il ne t'a pas reconnu.

— Si, il l'a fait, bien des années après ma naissance. Mais personne n'en a jamais rien su.

Je sirote lentement mon café en pensant à toutes ces histoires de famille cachées. Pourquoi ne pouvions-nous pas vivre dans un cadre normal, entourés de parents normaux ? Mathieu et moi devions être prédestinés à vivre des choses hors du commun, avec des parents hors norme. Mathieu s'est encore tu. J'ai peine à le reconnaître. Cette nouvelle l'a profondément secoué.

— Mathieu, le plus important, ce n'est pas d'où tu viens, mais où tu vas. Le passé est tel qu'il est et le futur sera tel que tu le veux.

De nouveau, il m'observe un instant sans rien dire et m'envoie en pleine face ce que j'ai toujours eu du mal à faire.

— C'est exactement ça, Faustine. Tu as entièrement raison. Et ce qui vaut pour moi vaut pour toi. Arrête de vivre dans le passé.

76

Même si j'éprouve bien des difficultés à l'admettre, Mariette et Mathieu ont forcément raison. À quarante ans, il va falloir que je tire un trait sur le passé et que j'aille de l'avant.

Pourtant, je ne vois pas encore à quoi mon futur pourrait ressembler. Dois-je accepter la proposition de Mariette ou juste rester employée dans ce magasin sous la gérance d'un nouvel acquéreur ? Resterai-je célibataire toute ma vie ou serait-il temps que je rouvre mon cœur ? Puis-je prendre le risque de faire entièrement confiance à un homme tout en sachant que je peux me tromper et tomber sur la mauvaise personne ? La peur de rencontrer un être perturbé est trop présente. Et la crainte que je devienne moi-même perfide l'est tout autant.

Aujourd'hui, les rayons du soleil qui traversent le ciel m'accompagnent jusque devant la porte du spécialiste que Mathieu m'a conseillé d'aller consulter. Je m'arrête devant l'écriteau qui annonce :

Christophe Massé
HYPNOTHÉRAPEUTE

Avant de prendre un rendez-vous, je me suis renseignée sur les bienfaits de l'hypnose. Que soigne-t-elle ? J'ai été surprise par la diversité des problèmes abordés : les céphalées, l'asthme, le deuil, les peurs, les dégénérescences liées à la maladie, les problèmes affectifs, l'amélioration de la confiance en soi, le travail sur l'estime de soi, le manque de dynamisme, le manque de motivation, l'aide à l'élaboration de projets, les phobies, l'insomnie, les addictions, la dépendance affective, les cauchemars, la nostalgie, la dépression, l'énurésie, la fibromyalgie, les affections de la peau, le problème de concentration, le stress, les problèmes familiaux, les problèmes relationnels, les problèmes de couple, les acouphènes, les douleurs liées à la maladie, les troubles de l'alimentation, la perte de poids, la récupération des facultés physiques, la récupération des facultés intellectuelles.

A priori, l'hypnose pourrait résoudre tous mes problèmes.

En venant ici, mon intention n'est pas de plonger dans ce rêve répétitif qui trouble mes nuits depuis mon enfance et pour lequel Mathieu m'a remis la carte de visite de l'hypnothérapeute. Non, mon envie se dirige plutôt vers mes blocages vis-à-vis des relations et surtout de la confiance que je ne parviens pas à donner aux autres.

Je sonne et pousse une grande porte d'entrée en bois qui ouvre sur un couloir. Sur la droite, une autre porte donne accès à une salle d'attente. Scotchée dessus, une feuille stipule des instructions : *Veuillez prendre place. Nous allons venir vous chercher.*

À part moi, personne n'attend. Je m'installe sur une chaise et observe la pièce. La table basse placée au centre est une pièce unique. Il s'agit d'un chêne qui a été scié dans le sens de la largeur et qui a tout simplement gardé la forme du tronc d'arbre. Une œuvre d'art à elle seule ! Autour sont disposés des chaises en bois et un canapé. Les murs sont d'un beige rosé pâle. Des toiles peintes à l'acrylique complètent la décoration. Les tableaux m'ont toujours attirée. Leurs couleurs, les histoires qu'ils racontent. Je pourrais passer des heures devant l'un d'entre eux à observer comment les teintes se mélangent pour former, vu d'un peu plus loin, de magnifiques portraits ou paysages.

Dix minutes passent et je perçois des pas dans le couloir. La poignée de la porte s'incline vers le bas, un homme apparaît.

— Madame Jullien ?

Je confirme d'un signe de tête, en même temps que je murmure un « bonjour » inaudible.

— Si vous voulez bien me suivre.

Je me lève et lui emboîte le pas. Nous pénétrons dans une autre pièce deux portes plus loin. L'atmosphère y est similaire à celle de la salle d'attente, reposante, apaisante. Les murs sont peints d'un bleu très clair.

L'homme qui est venu me chercher semble être l'hypnothérapeute. Comme dans un bon cliché, je m'étais attendue à un homme d'une cinquantaine d'année, petit, les cheveux poivre-et-sel, vêtu d'une chemise et d'un pantalon en coton. Mais l'homme face à moi est tout le contraire. Il est grand et très mince. Il porte des lunettes. Ses cheveux bruns, attachés en queue de cheval, lui arrivent presque jusqu'au bas du dos. Il a revêtu un t-shirt et un jean noirs.

— Je vous en prie, asseyez-vous dans le fauteuil.

Je m'exécute et prends place sur le siège blanc, mal à l'aise, avec l'envie irrépressible de déguerpir. Monsieur Massé relit les notes qu'il a dû prendre lors de notre entretien téléphonique.

— Bon, eh bien, Madame Jullien, nous allons travailler sur vos problèmes relationnels. Êtes-vous prête ?

— Oui, dis-je, hésitante.

— Très bien. Nous allons commencer la séance. Installez-vous bien confortablement et détendez-vous. Choisissez un point sur le mur. Quelque chose qui accroche votre regard. Vous allez fixer ce point, doucement….

L'hypnothérapeute parle à voix très basse, avec une tonalité très calme qui m'apaise. Contre toute attente, je me laisse mener dans ce jeu étrange.

— Vos yeux fatiguent. Doucement, vous avez envie de fermer les paupières et de glisser doucement dans un état agréable, un état de détente et de relaxation profonde, un état où tous les changements sont possibles…

Petit à petit, à l'écoute de sa voix, je plonge au plus profond de moi…

77

La séance d'hypnose ne m'a pas métamorphosée mais je me sens plus sereine. J'anticipe moins les choses qui arrivent. Étrangement, je le ressens en moi. Une certaine joie de vivre est revenue. Ou plutôt un apaisement intérieur.

Je ne sais pas si les astres se sont alignés ou si les anges se sont mis d'accord pour que je reprenne ma vie en main, mais les événements s'accélèrent depuis. J'ai revu Brice. Je l'ai croisé dans la rue, il y a trois jours, une laisse à la main et son chien au bout. Lorsqu'il m'a aperçue, il s'est arrêté de marcher, puis il a traversé la rue pour venir à ma rencontre. Nous ne nous étions pas revus depuis bientôt quinze ans.

— Tu n'as pas changé, m'a-t-il dit.

— Ça n'a jamais été mon objectif.

Il a ri. Il n'avait pas beaucoup changé non plus. Les traits de son visage étaient plus marqués et ses cheveux et sa barbichette grisonnaient. Mais il était toujours le même, avec son air charmeur, ses yeux d'un bleu plus bleu que la mer, sa démarche nonchalante et un sourire auquel on ne résiste pas.

— Qu'est-ce que tu deviens ? Ça fait longtemps.

Ma question n'était pas désintéressée.

— Je vis à quelques bornes d'ici, à Parmin.

— Ah ? Tu es resté dans le coin, toutes ces années ? Je te croyais parti loin d'ici. En Nouvelle-Zélande, par exemple.

— C'est un rêve qu'il me reste à réaliser. Je ne l'ai pas perdu de vue, dit-il en me fixant, un sourire aux lèvres.

Petit à petit, j'avais l'impression de retrouver mes anciennes vies. C'était comme si nos racines ne se détachaient jamais de nous et nous tiraient vers elles à certains moments de notre existence.

D'abord le retour de Mathieu, quelques mois plus tôt.

Et maintenant les retrouvailles avec Brice. Quoique, je ne savais pas encore ce que le retour de Brice dans ma vie allait signifier. Mais le savoir ici, non loin de moi, m'a rendue heureuse.

Puisque je devais aller au travail et que j'étais pressée, nous sommes convenus de nous retrouver le soir même. Il n'avait apparemment rien de prévu. Ça tombait bien, moi non plus. Le rendez-vous était pris pour dix-neuf heures trente dans le parc à côté de la Ruselle, la rivière qui traverse la région. Juste histoire de se retrouver et d'en apprendre un peu sur le parcours de l'autre. Nous aurons vite fait le tour de ma vie. C'est seulement ces douze derniers mois que ça a fortement bougé, après le retour de mon ami d'enfance. Je me demande comment Brice réagira quand il apprendra que je n'ai pas tant évolué que ça depuis notre séparation. En dressant dans ma tête la liste des choses que j'ai accomplies, j'en ai presque honte tellement elle est courte. J'imagine qu'il a vécu mille et une existences pendant que je m'efforçais de survivre à la mienne.

Après le travail, je l'ai donc rejoint au bord de cette rivière. Nous nous rendions souvent à cet endroit lorsque nous formions un couple. Sans grand étonnement, j'ai constaté qu'il était déjà là, à m'attendre tranquillement, assis sur une table, les pieds posés sur le banc, le regard perdu dans l'eau. Il portait un t-shirt blanc et un jean bleu clair. Il n'a pas remarqué tout de suite que je m'approchais de lui. J'avais l'impression de revenir quinze ans en arrière. Plus j'avançais, plus mon pouls s'accélérait. Avais-je encore des sentiments pour lui ? Certainement. Sinon, pourquoi mon corps réagirait-il ainsi ? Je n'ai pas eu de liaison sérieuse après lui. J'avais trop peur de retomber amoureuse. De commencer une relation par avance vouée à l'échec.

Quand il a remarqué ma présence, quand il s'est retourné et que ses yeux se sont arrêtés sur moi, j'ai éprouvé à nouveau ce pincement dans mon ventre, le même que j'avais ressenti les toutes premières fois où nos regards s'étaient croisés. Celui où, pour la première fois, ses mains s'étaient posées sur mes hanches avant que ses lèvres ne frôlent les miennes.

Il n'a rien dit. Il m'a juste observée, sans sourire. Je me suis assise à côté de lui et nous avons regardé l'eau couler un long moment avant que je ne me décide à interrompre ce silence trop pesant.

— On croirait que le temps s'est figé, ici. Rien n'a changé.

— Les apparences sont trompeuses, m'a-t-il répondu. On croit que les choses ne changent pas et pourtant tout est en perpétuelle évolution. Rien n'est comme avant.

J'ai lâché un rire bête. Je ne comprenais pas où il voulait en venir.

— Mais la rivière est la même, les arbres plantés il y a plus de cent ans aussi. Même moi…

Un instant, j'ai laissé flotter cette idée sans ajouter quoi que ce soit, sans vouloir me justifier, avant de finalement reprendre pour expliquer mon raisonnement.

— Je n'ai rien fait de ma vie, tu sais. Je n'ai ni famille, ni enfant, ni maison. Ma vie est restée en suspens. Je ne suis jamais partie d'ici.

— Est-ce que tu es la même parce que tu n'es jamais partie ?

— Je présume, oui. Je ne me suis pas enrichie de voyages, de mille paysages, de rencontres. Toujours les mêmes têtes, les mêmes murs, toujours le même travail, les mêmes gestes, les mêmes « tout ». Rien n'a évolué dans ma vie depuis que tu es parti. Ni ma vie, ni moi d'ailleurs.

— Faux, faux et archi-faux ! s'est-il exclamé en se mettant debout face à moi. Rien dans cet endroit n'est comme avant. En apparence, oui. Mais regarde plus loin. Regarde mieux. Les seules traces visibles du temps ne sont pas que nos rides et nos cheveux gris. Et même ça, ça nous prouve que nous avons changé et que le temps a passé.

Sa remarque m'a fait sourire. Puis, il a repris sa tirade. Pendant qu'il parlait, je l'admirais. Je l'admirais comme je le faisais auparavant. Je retrouvais sa joie de vivre et son inconditionnelle manière de voir le positif même dans le négatif. De rester optimiste même dans les moments les plus critiques. À cet instant, il n'y avait rien de critique. Juste sa vision de la vie qui était tout le contraire de la mienne. Je me rendais compte que ça m'avait manqué. Qu'*il* m'avait manqué.

— Regarde, tu crois que l'eau que l'on voit est la même, mais c'est faux. L'eau circule, elle avance. Jamais les milliards de gouttes d'eau qui font de cette rivière ce qu'elle est ne repasseront au même endroit. Elles partent explorer d'autres rivières avant de rejoindre les mers et les océans. Quant aux arbres, regarde-les différemment. Leurs feuilles ne sont pas les mêmes que celles de l'année dernière ni de la précédente. Ils se refont une jeunesse à chaque printemps. Et toi, c'est pareil. Chaque jour que tu as vécu fait de toi une personne différente. Ta vie n'est pas aussi monotone que tu peux le penser.

— Pourtant, chaque jour se ressemble. Et il ne s'y passe jamais rien de bien intéressant. Sauf ces derniers mois…

— De quoi tu parles ?

Alors j'ai commencé à tout lui raconter : le retour de Mathieu, les carnets de mon père, le généalogiste, l'enfant caché de mon grand-père…

78

En plein mois d'août, le vieux somnole sur le banc dans le jardin, à l'ombre de la maison. Les paupières fermées, les bras ballants, la tête qui penche légèrement en avant. La brise anime les quelques cheveux qu'il lui reste sur les côtés. Il a l'air gentil quand on le voit comme ça. On a du mal à croire qu'il en a fait baver à sa femme pendant des années, qu'il a manipulé son frère et a volé l'argent de l'entreprise à cause de son envie compulsive de jouer. J'aurais moi-même presque du mal à me souvenir, qu'entre lui et moi, ça n'a jamais été une grande histoire d'amour, que nous avons eu nos différends.

J'étends le linge sur le fil. Par cette chaleur, il ne faudra pas longtemps pour que ça sèche. Quelqu'un vient sonner à la porte. Qui ça peut bien être ? Je n'attends personne. Le seul qui vient de temps à autre, c'est Mathieu. Et en général, il ne sonne pas. Lorsque j'ouvre, je suis estomaquée. Presque choquée. Alexis, mon cousin, se tient devant moi. Il a vieilli. Pas très étonnant après douze ans d'absence. Il porte une barbe blonde mal taillée. Ses cheveux ne sont pas coiffés. Il est vêtu d'un t-shirt rouge, d'un bermuda bleu marine et de claquettes aux pieds.

— Pourquoi vous avez changé la serrure ? Je pouvais plus rentrer, dit-il en se frayant un chemin dans la cuisine comme s'il était parti le matin même.

— Vas-y, je t'en prie, entre ! lui dis-je alors qu'il est déjà assis sur une chaise.

— C'est pour m'empêcher de rentrer que vous avez changé la serrure ?

La serrure... C'est la seule chose qui lui importe après plus de douze ans ? C'est ce qu'on dit quand on n'a pas vu quelqu'un pendant aussi longtemps ?

— L'ancienne ne fonctionnait plus. Il a fallu la remplacer.

Il scanne la pièce de long en large et de haut en bas. Comme pour vérifier ce qui aurait bien pu être modifié. Il pousse un soupir en écarquillant les yeux. Rien n'a bougé depuis qu'il est parti. Tout est resté intact. Il n'y a que cette fichue serrure qui a lâché.

— Il est où, papa ?

— Dehors.

Il soupire encore, se lève, ouvre le frigo et en sort une bouteille de coca. Il prend un verre dans le placard à côté, se réinstalle à la table et avale une grande lampée d'un trait.

— *Aaaah* !

— Surtout, fais comme chez toi !

Il me regarde, rit bêtement dans sa barbe et répond :

— Je suis chez moi ! Plus que toi en tout cas.

Quel petit con ! Je leur foutrais bien une baffe, à lui et à son air niais.

— Qu'est-ce qui t'amène ici ? Je te croyais mort.

Ses yeux se réjouissent déjà de la réponse cinglante qu'il s'apprête à me jeter en pleine face.

— Tu ne trouves pas qu'il y a déjà eu assez de morts dans notre famille, Faustine ? D'ailleurs, j'espère bien que le prochain, ce sera le père et pas moi. Dans l'ordre des choses.

Quelle pourriture ! Si j'étais un homme et que j'avais assez de force, je le foutrais à la porte. Mais mes cinquante-cinq kilos ne feraient jamais le poids contre son quintal. Il ne bougerait même pas d'un mètre.

— Ta méchanceté, tu peux la remballer et repartir avec. On n'en a pas besoin.

— Mais c'est qu'elle se fâche ! Toujours le même caractère. Tu n'as pas changé, à ce que je vois.

— Je te retourne la remarque…

Il pince les lèvres, reste silencieux pendant quelques secondes, réfléchissant sûrement à la prochaine atrocité qu'il va pouvoir dire.

— Où il est ?

— Dehors, dans le jardin. Il fait une sieste.

Il se lève et rejoint le vieux qui se réveille en sursaut en entendant les pas de son fils claquer sur la terrasse.

— Salut, p'pa !

Il faut quelques instants à Richard pour comprendre ce qu'il se passe.

— Faustine ! Faustiiiine ! Apporte-moi ma Ventoline, j'ai du mal à respirer.

Je me précipite, trouve son médicament sur le buffet et le lui apporte. Il en prend une grande bouffée tout en observant son fils, les yeux écarquillés.

— Je ne dois pas être bien réveillé. Ou alors j'ai des hallucinations : je vois Alexis.

Ce dernier part dans un rire sarcastique.

— Je ne suis pas dans un rêve, mais bien là, devant toi.

Dérouté, Richard me regarde.

— Toi aussi, tu le vois, Faustine ?

— Je te le confirme. Tu ne rêves pas. Il est bien là… malheureusement.

En entendant ce dernier mot, Alexis me lance un regard noir. Il change de ton.

— Bon, finissons-en avec les formules de politesse. J'ai besoin d'argent ! dit-il en s'adressant à son père.

Richard semble à peine surpris par sa demande. Il réagit comme s'il savait que son fils viendrait un jour le lui réclamer.

— Je n'ai rien à te donner.

— Mauvaise réponse.

— Je n'ai plus rien, je te dis ! s'énerve le vieux.

La scène me paraît tellement improbable. Comment un fils peut-il venir réclamer des thunes sans avoir donné signe de vie pendant toutes ces années ? Richard n'est pas un enfant de chœur, mais il n'est plus redevable envers son fils depuis longtemps.

— Tu es sérieux ? Tu fous les pieds ici après des années de silence pour faire la manche ? Tu ne crois pas que tu n'as plus l'âge de demander de l'argent à papa ? Surtout de cette manière. Mais le respect, ça n'a jamais été ton fort, hein, Alexis !

La colère le submerge, il avance d'un bond d'un mètre vers moi, son visage se retrouve presque collé au mien, ses yeux exorbités sont rouges de sang. Je peux sentir son haleine qui empeste la bière.

— Ferme ta gueule, Faustine. Ferme-la !

— La vérité n'est jamais bonne à entendre.

— La vérité, justement, tu ne la connais pas. Car notre père, enfin surtout le mien, assis ici même, dissimule bien des secrets. Pas vrai, p'pa ? Mais tu ne voudrais pas que j'aille voir les flics pour leur raconter tous tes exploits, n'est-ce pas ?

Richard, toujours assis sur son banc, ne bronche pas. Il ne dément pas les dires de son fils. Il reste là, impassible, les yeux perdus dans le vide.

— On met notre petite Faustine dans la confidence ? susurre Alexis d'un air pervers.

C'est plus une affirmation qu'une question. Richard ne s'y oppose pas et Alexis nous plonge aussitôt dans le passé.

79

Douze ans plus tôt.

Comme tous les matins, Alexis passe à la boulangerie vers huit heures vingt, avant de se rendre à son travail. Il fréquente toujours la même. Celle de son village. À trente ans, il vit encore chez ses parents. Ça l'arrange bien. C'est la simplicité. Il ne s'occupe de rien. Il se laisse vivre et travaille juste ce qu'il faut afin de gagner un peu d'argent pour pouvoir sortir avec ses copains, payer des apéros tous les vendredis soir au bar et s'acheter des clopes ainsi que du matériel de pêche, son loisir favori. Il a dégoté un petit boulot à temps partiel dans une supérette. Il met des articles en rayon. De neuf heures à midi, du lundi au vendredi. Trois heures de travail pendant cinq jours, quinze heures maximum par semaine. Ça lui suffit. Si on lui demandait, il dirait même que c'est largement suffisant.

Ce matin, il fait très froid. Le mois de janvier est rigoureux, les giboulées de neige fréquentes et les routes sont souvent gelées. Personne n'a salé le trottoir dans la nuit et il a plu la veille. Des plaques de verglas couvrent la voirie. Il avance prudemment jusqu'à l'arrêt de bus où il déguste son chausson aux pommes. Il est seul, ce matin, sur le banc. Ça aussi, ça l'arrange. Il n'aime pas faire la causette, surtout à cette heure matinale.

Huit heures trente-deux, toujours pas de bus. Il a deux minutes de retard. Le trajet ne dure que dix minutes jusqu'à la ville voisine et il ne lui faut que cinq minutes à pied pour atteindre son lieu de travail. Il fume toujours une clope avant d'entrer, de pointer, puis d'entamer sa journée. C'est une habitude.

Huit heures trente-six. Toujours rien. Le chauffeur aura pris du retard à cause de la météo, ça ne fait aucun doute. Il décide de fumer sa clope avant le trajet. Ce sera toujours ça de fait.

Huit heures quarante et un. Si ça continue comme ça, il va finir par être en retard.

Huit heures cinquante-deux. *Merde, font chier ! Sont même pas capables de conduire un bus par ce temps,* pense-t-il. Pour ne pas arriver en retard, il va devoir demander au *daron* de l'emmener. Ça fait deux ans qu'il n'a plus de permis. Excès de vitesse en état d'alcoolémie, ça ne pardonne pas. Pas envie de s'emmerder à le repasser.

Il repart en direction de sa maison, emprunte une ruelle, un raccourci. Il faut qu'il s'active un peu. Son chef est un con. Il n'aime pas les retards. *M'enfin, c'est la faute du bus !* se dit-il. Il met les mains dans ses poches. *Ça caille, quand même.* Dans trois rues, il y sera. Il tourne à gauche, arrive dans l'avenue du maréchal Pétain. Au loin, à environ une cinquantaine de mètres, il aperçoit sa mère qui chemine doucement. *Où peut-elle bien aller à cette heure ?* Il avance dans sa direction. Elle s'arrête devant le passage piéton. Une voiture approche et ralentit pour la laisser traverser. Maryse pose un premier pied sur la chaussée, puis le deuxième, le tout avec précaution pour ne pas tomber sur la glace. D'un coup, les pneus crissent. *Qu'est-ce qu'il fait, ce con ?* Le chauffeur met les gaz et renverse volontairement sa mère. Le cœur d'Alexis se met à battre à mille à l'heure. Il part en courant mais glisse trois mètres plus loin sur une plaque de verglas. Il s'étale à plat ventre par terre. La voiture passe à côté de lui à toute allure. Il a juste de temps de relever la tête et de voir qui est au volant. En l'espace de quelques centièmes de secondes, il a reconnu le malade qui a renversé sa mère.

Son regard se dirige vers elle. Elle est toujours couchée sur le sol. Il se relève et se précipite pour la rejoindre. Elle ne bouge plus, mais semble encore respirer. Il sort son téléphone portable et appelle le SAMU. Jusqu'à leur arrivée, les minutes semblent d'une lenteur mortelle. Quand l'ambulance est enfin sur place, il observe les professionnels effectuer leur travail. Leurs gestes sont très précautionneux. Il entend des mots qui ne lui paraissent pas de bon augure. « cassé », « saigne », « lésion », « attention », « mauvais état ». Il monte dans le véhicule qui emmène Maryse aux urgences tout en priant pour qu'elle survive, mais cinq minutes plus tard, avant que l'ambulance n'arrive sur le parking de l'hôpital, le cœur de sa mère lâche. Cette phrase que le soignant a prononcée ne s'effacera plus de sa mémoire. « Nous sommes désolés, Monsieur, mais nous ne pouvons plus rien faire. Votre maman est décédée ».

Alexis reste un long moment, assis sur un banc de l'hôpital, à pleurer, à réfléchir à ce qu'il vient de se passer, à se remémorer l'accident. Après avoir quelque peu retrouvé ses esprits, il appelle son patron pour lui annoncer qu'il ne pourra pas venir travailler aujourd'hui, ni les jours suivants. Puis il emprunte le prochain bus en direction de Charentin.

Lorsqu'il rentre chez lui, son père est assis sur le canapé et regarde la télé.

— Ça va, fiston ?
— Elle est morte !
— Qui ça ? répond le vieil homme.
— Maman !

Richard se redresse précipitamment, stupéfait par la nouvelle.

— Vingt dieux ! Qu'est-ce que tu racontes-là ?

Alexis s'assoit à côté de son père qui commence à sangloter.

— Je te savais bon comédien, mais là, tu surpasses toutes mes attentes.

Il lève les mains et commence à applaudir lentement mais bien fort le nouvel exploit de son père.

— Quoi ? Mais qu'est-ce que tu insinues par là ?
— Que tu l'as tuée ! Je t'ai vu ce matin, au volant de cette voiture. Tu l'as renversée volontairement. Tu es une ordure !

Sous le poids de la colère et de la tristesse, Alexis flanque un coup de poing à son père en pleine face.

80

À bientôt soixante-dix ans, Richard ne pipe pas mot. Il sait que son fils est beaucoup plus fort que lui. Il est révolu le temps où c'était le père qui mettait une branlée à son fils. La preuve est là. Sa lèvre et son nez saignent. Il dévisage Alexis, les yeux pleins de rage. Le petit a raison. Il a mis fin aux jours de sa femme. Ce geste est d'une telle atrocité. Mais il n'y avait pas d'autre issue.

— Je peux t'expliquer, fiston. J'avais de bonnes raisons…

Alexis se met à pleurer à gros sanglots. Il veut rétorquer mais les mots restent bloqués dans sa gorge. Ce qu'il parvient à dire est difficile à comprendre tant la douleur se ressent dans sa voix.

— De bonnes raisons de la tuer ?

Il évacue sa douleur en pleurant de longues minutes à côté de Richard qui reste silencieux. Quand Alexis retrouve ses capacités, il reprend :

— Depuis quand on tue pour résoudre ses problèmes ? Ta propre femme ! Maman ! Qu'est-ce qu'elle a bien pu faire pour mériter la mort, hein ? Y avait pas plus gentille qu'elle. Alors c'est quoi tes putains de bonnes raisons ? Dis-moi !

Ses hurlements résonnent comme des ordres.

— Ta mère me trompe depuis des années. Voilà pourquoi ! lance Richard comme un reproche.

— Et tu trouves que c'est une bonne raison ? Si tous les cocus tuaient leurs partenaires, on serait moitié moins sur la planète ! T'es complètement malade. Pas étonnant qu'elle t'ait trompé avec tous les vices que tu as. N'inverse pas les rôles. Elle en a sacrément chié avec toi. Allez ! Appelle les flics et rends-toi ! Si c'est pas toi qui le fais, ce sera moi.

Richard doit trouver une solution pour se sortir de là au plus vite. Il ne veut pas finir ses jours en prison. Il a la trouille de croupir entre quatre murs. Un côté claustrophobe qu'il a toujours essayé de canaliser, en vain. Et puis, aller en taule, à son âge. Partager une pièce, sans répit, avec un autre taulard. Manger de la merde. Pisser devant les autres. Se doucher sans intimité. C'est juste impossible. Pas à son âge. Il réfléchit. Il ne voit pas trente-six solutions. Une seule peut le sauver. Il se lève, disparaît cinq minutes et revient avec une enveloppe.

— Tiens, prends. C'est tout ce que j'ai. Prends cet argent et fous le camp. Garde le secret et ne remets jamais les pieds ici.

Ce geste surprend Alexis qui ne sait visiblement pas comment réagir. Il balance entre une envie de justice et l'attrait de la facilité. De quel côté va-t-il pencher ? La raison ? Pas sûr. L'argent a un goût qui n'en égale aucun autre. Avec de l'argent, on peut tout faire. Il regarde le contenu de l'enveloppe, il y a un sacré paquet de billets.

Richard déglutit. C'est un gros sacrifice mais sa liberté n'a pas de prix. Il raffole de l'argent mais il s'aime beaucoup plus lui-même. Une chance qu'il ait gagné une somme importante, la semaine dernière au casino. Dommage, quand même, que ça parte comme ça. Tant pis, il se refera.

Alexis reste coi pendant de longues minutes. L'offre est alléchante. Avec toutes ces thunes, il pourrait partir loin d'ici. Quitter ce trou pourri. Aller découvrir le monde. Au moins se traîner jusqu'à la côte ouest. Il aime la mer et son air iodé. Il prendrait un appartement en location, peut-être une maisonnette, il pourrait même repasser son permis, acheter une vieille caisse pour quelques sous et vivre bien tranquille plusieurs mois, sans le stress de devoir chercher un boulot dans l'immédiat. Profiter de la vie. Il pourrait même se payer une petite pute de temps en temps. Les femmes ne lui courent pas après alors autant se faire plaisir s'il le peut. Après tout, elles sont là pour ça.

Richard connaît bien son fils. Il est quasiment certain qu'il ne refusera pas. Il vaudrait mieux pour lui, car il n'a pas de plan B. Il attend patiemment que son fils reprenne la parole. Depuis deux minutes, il a les yeux plongés dans l'enveloppe. Puis la sentence tombe.

— OK, je me casse. Je prends quelques affaires et je me tire.

Il monte dans sa chambre. Richard entend du vacarme à l'étage pendant près d'un quart d'heure.

Quand il redescend, Alexis porte un baluchon et tire une valise derrière lui.

— Pour l'histoire de Faustine, tu te démerderas. Je te fais confiance, t'es fort pour inventer des conneries. Pareil pour la raison pour laquelle je ne serai pas présent à l'enterrement. Va falloir te creuser les méninges.

Il avance jusqu'à la porte, sort ses affaires, se retourne, lâche à son père une dernière phrase :

— T'es quand même la dernière des merdes !

Puis il ferme la porte et disparaît pour toujours.

Richard s'écroule sur le canapé et se met à pleurer de toutes ses forces. Il pleure sa femme et son fils. En une seule et unique journée, il est parvenu à massacrer sa famille.

81

J'ai du mal à croire tout ce que je viens d'entendre. Pourtant, le silence de Richard en dit long. Pendant des années, j'ai côtoyé ce monstre, je me suis fait du souci pour lui après la mort de tante Maryse et la disparition soudaine d'Alexis, je me suis vue dans l'obligation de réintégrer la maison familiale pour m'occuper de lui, pour prendre en charge ce meurtrier. Toutes ces années de ma vie perdues. Tout ce temps à vivre dans le mensonge. Le coupable fixe le sol. Même plus de dix ans après, il n'est pas capable de reconnaître ses fautes. Il ne dit rien.

Alexis, quant à lui, jouit de ce petit moment de plaisir. Pourtant, il n'est qu'une ordure, il ne vaut pas mieux que son père. Profiter de la situation pour refaire sa vie et laisser un meurtrier se balader en toute liberté ! Il est tombé aussi bas que son géniteur.

Je repense à tante Maryse. Pauvre femme. A-t-elle vécu heureuse ne serait-ce qu'un tout petit peu, dans cette famille de cinglés ? Peut-être ai-je été une bulle d'air qui l'aidait à respirer et à tenir pendant tout ce temps. Peut-être suis-je arrivée au bon moment. Pourtant, elle buvait en cachette. Sa seule échappatoire pour parvenir à survivre.

— C'est vrai ? demandé-je.

Les yeux embués, il m'adresse un petit signe de tête qui confirme son acte.

Alexis s'impatiente.

— Assez parlé, j'ai besoin de thunes.

Sa remarque déclenche en moi une énorme colère et, dans un accès de violence, je me retourne prestement et le gifle de toutes mes forces.

— Tu n'as pas honte ? Je peux vous livrer tous les deux à la police pour ce que vous avez fait. Tu n'es pas meilleur que ton père. On t'accusera de complicité. Tu aurais dû le dénoncer. C'était ton devoir. C'était ta mère ! Je te pensais plus aimant. Et aussi plus intelligent.

Étonnamment, mon cousin ne réplique pas. Commencerait-il à avoir mauvaise conscience ? Je profite de ce moment de faiblesse et poursuis :

— De toute façon, ton père n'a rien à te donner. Si tu as besoin d'argent, fais comme tout le monde, vas bosser. Maintenant, dégage avant que j'appelle la police. Tu as vécu sans ton père pendant douze ans ; il reste de l'espoir pour les années à venir.

Il ne s'attendait pas à cette réaction, me dévisage comme un enfant de trois ans qui écouterait les remontrances de sa mère. Mais quelques secondes lui suffisent pour reprendre ses esprits. Son aigreur revient au premier plan.

— Tu pourrais montrer un peu de reconnaissance au lieu de la jouer Mère Teresa. Sans moi, Faustine, tu n'aurais jamais rien su. Tu aurais continué à vivre à ses côtés dans l'ignorance. Regarde-le. C'est une loque. Il ne reste plus rien à en tirer. Il attend la mort. Pourvu qu'elle vienne le chercher le plus tard possible pour qu'il vive encore et encore avec ses remords. C'est tout ce qu'il mérite.

Sur ces mots, il prend la direction de la sortie et claque la porte derrière lui.

Sur les joues de Richard, des larmes roulent. Il a l'air de ne plus avoir de force. Ces derniers jours, son état de santé s'est aggravé. Il est faible, tousse sans cesse, se nourrit à peine. Je crois que sa fin approche. Je pourrais appeler la police. Mais en le regardant, il me fait pitié. La prison à quatre-vingts ans ? Dans ces conditions ?

Je me déciderai demain. Ce soir, il y a le spectacle de Mathieu. Nous allons nous y rendre tous les deux. Ce sera peut-être sa dernière sortie. Oui, demain, je prendrai une décision.

82

La salle des fêtes est comble. Il ne reste plus que quelques chaises libres. Un brouhaha incessant emplit les lieux. Ça bavarde ici et là. Un événement à Charentin, c'est comme une grande réunion de famille. Je salue des gens de loin, fais la bise à quelques-uns que je croise. Comme si rien de spécial ne s'était passé aujourd'hui. Mathieu nous a réservé des places au troisième rang. Pas trop près de la scène, pas trop loin non plus. Bien centrées. « Les meilleures places » selon lui. Je lui fais confiance. Nous nous faufilons tant bien que mal, j'aide Richard à avancer prudemment parmi la foule qui nous bouscule. Lorsqu'il s'installe sur la chaise, il est essoufflé.

— Tu veux boire quelque chose ?
— De l'eau, acquiesce-t-il avec difficulté.

De grosses gouttes perlent sur son front. Il sort un mouchoir en tissu de sa poche et se tamponne doucement le visage. La journée a été éprouvante. Je me demande s'il va tenir la soirée. Il est déjà bien fatigué. La première pièce débute à vingt et une heures. Plus que dix minutes. Je m'empresse de rejoindre la buvette pour aller acheter une bouteille d'eau. Il y a beaucoup de monde. Comme si c'était une priorité de boire un verre juste avant le commencement. Je patiente le temps que les dix personnes devant moi soient servies. Lorsque je regagne ma place, Richard semble aller un peu mieux. Il boit à petites gorgées.

Sur la scène, le rideau rouge s'agite. Derrière, les acteurs et les organisateurs s'activent pour tout mettre en place. Une tête apparaît furtivement, prend connaissance de l'état de la salle et disparaît aussi rapidement qu'elle est apparue. La lumière de la salle se tamise. Les gens se taisent. On n'entend plus que des messes basses et de longs « chuuuut » pour faire taire ceux qui n'auraient pas compris que le spectacle débute. Les spots qui éclairent la scène s'allument. Les trois coups retentissent et le rideau s'ouvre.

Sur la scène, le décor est installé. À droite, une table et quatre chaises. À gauche, une fausse bibliothèque et un fauteuil, dans lequel Gérard Jardin est installé. Il lit un journal qu'il tient à l'envers. Ça provoque des rires dans la salle. Gérard est connu de tous. Il jette des coups d'œil vers le public, les gens rient de plus en plus fort. Gérard a des airs de clown, il est drôle par nature, sans même essayer de l'être. Le regarder suffit à déclencher des rires. Il replonge dans sa lecture. Charlotte entre en scène. Elle joue le rôle de sa fille et est habillée comme une adolescente. La pièce est une histoire comique qui tourne autour de trois personnages, le troisième étant un jeune homme répondant au nom de Jérôme qui joue le rôle du petit ami de Charlotte. Vingt minutes pendant lesquelles le public se bidonne. Je dois admettre que les acteurs interprètent bien leur rôle. De temps à autre, je jette discrètement un œil vers Richard qui semble aussi y avoir pris du plaisir. Mais je le sens inquiet. Pas très étonnant après la visite surprise de cet après-midi. Je prends sur moi, ce soir, car cette soirée était prévue depuis longtemps et Mathieu a insisté pour que nous venions tous les deux assister à la représentation. Si ça n'avait tenu qu'à moi, je me serais enfilé quelques verres de whisky, histoire de me changer les idées. Dire que je suis assise à côté du meurtrier de ma tante et que je m'occupe de lui depuis plusieurs années. Et dire que ce meurtrier est mon oncle. Et qu'au lieu d'appeler les flics, je regarde un spectacle avec lui, comme si de rien n'était. Qu'est-ce qui ne tourne pas rond dans ma vie ?

Les deux pièces suivantes, jouées par des habitants du coin, se déroulent tout aussi bien que la première. Elles ne durent pas plus longtemps. Elles sont courtes – trente minutes chacune –, concises, drôles. L'ambiance est bon enfant.

Puis, c'est l'heure de l'entracte. La lumière fait sa réapparition. Les gens se lèvent et profitent de la pause pour boire, manger, aller aux toilettes, fumer une clope ou encore papoter. Les enfants jouent et courent dans les rangs. Ça se bouscule. J'attends un peu qu'il y ait une accalmie. Richard reste assis. Un de ses amis est venu lui faire un brin de causette. C'est parfait, il sera occupé pendant que je vais prendre l'air cinq minutes dehors.

La nuit est claire. Mille étoiles luisent dans le ciel. Il fait doux en cette fin août. Je m'éloigne des fumeurs et fais quelques pas autour du bâtiment. Vingt mètres plus loin, juste à côté de la porte de sortie de secours, j'aperçois Mathieu. Il me voit aussi et s'approche.

— Je te cherchais, justement. Tu as laissé Richard seul ?

— Juste quelques minutes. J'avais besoin de prendre l'air.

— Qu'est-ce qu'il se passe ? Tu n'as pas l'air dans ton assiette !

J'hésite un instant à évoquer la visite d'Alexis, mais je m'abstiens. Hors de question de gâcher la soirée pour laquelle il a bossé des mois durant.

— Rien. Juste un peu fatiguée.

— Tu as aimé ?

— J'ai adoré. C'était drôle, frais. Les gens, dans la salle, ont beaucoup ri.

Malgré mes compliments sur le spectacle, Mathieu affiche un air grave que je ne parviens pas à cerner.

— Il y a un problème ?

— Non, Faustine, tout se déroule comme prévu. Mais le spectacle n'est pas encore fini. Le bouquet final arrive.

Il regarde sa montre.

— Allez, rentre. J'ai une annonce à faire.

83

— Mesdemoiselles, Mesdames, Messieurs. Je vous remercie d'être venus aussi nombreux, ce soir, pour assister à la représentation que nous préparons depuis si longtemps maintenant. Je tiens également à remercier monsieur le maire, Gilles Humbert, qui est venu à ma rencontre pour me proposer de mettre en scène un spectacle dans notre Charentin bien-aimé. Enfin merci à tous les bénévoles, acteurs et organisateurs, aux femmes et aux hommes qui ont contribué, grâce à leur aide et à leur bienveillance, à ce que cette soirée se déroule sous les meilleurs auspices. J'espère que vous avez apprécié les trois premières pièces. Il me semble, d'après les rires que j'ai pu entendre depuis les coulisses, que c'était le cas. Encore une fois, merci à vous !

De forts applaudissements s'élèvent alors dans la salle et un léger sourire se dessine sur le visage de Mathieu. Puis il poursuit.

— Merci ! Merci pour eux ! Mesdemoiselles, Mesdames et Messieurs, je dois cependant maintenant vous avertir que la dernière pièce que nous avons organisée pour vous est d'un tout autre registre. Des amis acteurs venus tout droit de Paris m'ont fait l'honneur d'accepter de jouer cette nouvelle pièce qui connaîtra ce soir sa toute première représentation. Celle-ci sera d'ailleurs unique ! Mais, comme je vous le disais il y a un instant, elle est d'un tout autre registre. Les moins de seize ans ne pourront pas y assister. Il est vingt-trois heures et, de ce fait, largement l'heure pour vos marmots de regagner leur lit. Je tiens également à prévenir les personnes présentes ce soir que certaines scènes et certains propos peuvent heurter leur sensibilité. Âmes sensibles, donc, s'abstenir ! À ceux qui décident de repartir, au nom de toute la troupe, je vous remercie de vous être déplacés et j'espère que nous aurons la joie de vous accueillir une prochaine fois. Nous vous souhaitons une bonne fin de soirée et vous prions de bien vouloir quitter la salle. À ceux qui désirent découvrir notre dernière pièce, nous vous souhaitons une bonne séance. Je vous préviens tout de suite, elle sera de courte durée. Celle-ci commencera dans dix minutes, le temps que les allées et venues soient terminées. Merci.

Mathieu disparaît derrière le rideau. Dans la salle, les voix s'élèvent, des chaises bougent. L'annonce a surpris tout le monde. Les enfants, accompagnés de leurs parents, quittent la salle, d'autres adultes décident de s'en aller également. Certains partent à contrecœur, d'autres acceptent sans broncher. Richard jette un coup d'œil dans ma direction ; je lui indique que nous restons. Il tourne de nouveau la tête vers la scène et patiente.

Après quelques minutes d'attente, les trois coups retentissent de nouveau et le rideau s'ouvre. Immédiatement, le nouveau décor me saute aux yeux.

Il est plus austère, plus sombre, mais aussi terriblement familier. Les objets disposés ici et là, je les ai déjà vus, il y a longtemps. Ces objets m'ont appartenu.

84

Un mois plus tôt.

Mathieu observe tous les objets qu'il est parvenu à rassembler au fil des mois et qui sont maintenant étalés sur une grande table en bois. Il lui a fallu parcourir pas mal de route, passer des dizaines de coups de fil. Parfois, il tombait sur ce qu'il recherchait. Souvent, il s'était déplacé pour rien. Des semaines d'investigations, des heures d'investissement, mais cela en avait valu la peine. Il a dégoté tout ce qu'il désirait. Une guitare classique acoustique, de vieilles photos carrées des années cinquante, un antique fauteuil en velours marron, un kit à broder, un fusil de chasse, une copie du tableau *Des glaneuses* et des tas de vêtements des années quatre-vingt, un grand panier en osier pour les bûches de bois, un coffre en cuir, des poupées, de la peinture et divers autres jouets. Ses multiples petites annonces, passées sous son pseudonyme *The avenger* – en français, le vengeur –, se sont révélées fructueuses.

Tout est exactement comme on le lui avait dit.

Il ne lui reste plus qu'à préparer les derniers détails. Dans un mois, tout sera installé sur scène. Les acteurs enfileront ces vieilles fringues. L'illusion sera parfaite. Le bond dans le passé sera inévitable. Il veut que tout soit irréprochable. Il n'a pas droit à l'erreur.

Que le public s'accroche. La surprise qu'il leur réserve sera de taille !

85

Je cligne des yeux. Je les frotte même pour être bien certaine que ce que je vois est vrai. Qu'est-ce qu'il se joue là ? Ai-je atterri dans un mauvais rêve ? Immédiatement, je repense aux paroles de Mathieu : « fais-moi confiance ! » Je l'ai toujours fait. Je n'ai jamais douté de lui. Puis, cette phrase qu'il m'a dite, quelques mois plus tôt, me revient aussi en tête. Sur le coup, je ne l'avais pas comprise. « Je te réserve une surprise. Tu seras la spectatrice numéro 1 ! » J'ai peur de commencer à comprendre ce qui se trame.

La scène est divisée en deux par une fausse cloison. Les deux parties communiquent grâce à une porte. D'un côté, il y a une femme assise dans un fauteuil en velours marron. Elle est concentrée sur la broderie d'un napperon. Elle semble sereine. Sur le mur, derrière elle, est accrochée une toile « des semeuses », comme je disais enfant. En réalité, ce sont des glaneuses, mais je ne l'ai appris que bien des années plus tard. Juste à côté, il y a un immense cadre dans lequel sont épinglées des dizaines de petites photos en noir et blanc. Un homme, assis sur une chaise en bois, la guitare sur les genoux, griffonne quelque chose sur une feuille. Vraisemblablement des notes sur une partition. De l'autre côté du mur, il y a trois enfants qui jouent sans faire de bruit.

Une sueur froide traverse mon dos. Cet homme et cette femme, ce sont mes parents, quant aux enfants, dans l'autre pièce, ce sont Florian, Fanny et moi. Nous sommes en 1991, chez moi, dans mon ancienne maison.

Mais pourquoi ? Pourquoi cette mise en scène ? Où veut en venir Mathieu ?

Je jette un coup d'œil furtif à l'oncle Richard. Je ne crois pas qu'il ait compris de quel scène il s'agit. À son âge, ça cogite au ralenti dans le ciboulot. Mon cœur cogne fort dans ma poitrine. Je vais faire un malaise. La journée la plus cauchemardesque de mon existence est en train de se rejouer sous mes yeux.

Soudain, une main se pose sur mon épaule. Je me retourne instantanément. C'est Mathieu. L'expression de son visage se veut rassurante. Il m'assure d'un signe de tête que tout ira bien.

— Ne t'inquiète pas, je reste avec toi, me dit-il avant de prendre place sur une chaise derrière moi et de me saisir la main.

Une voix se fait entendre sur scène. Je me retourne. Mathieu serre mes doigts pour me confirmer sa présence. La pièce commence.

86

La voix *off* présente : « Nous sommes le 9 mars 1991, un samedi soir, dans la maison de la famille Jullien. Annette, la mère, brode tranquillement, assise dans son fauteuil, tandis que son mari, Vincent, s'adonne à sa grande passion : la musique. Pendant ce temps, leurs trois enfants se divertissent deux pièces plus loin, dans la salle de jeux ».

— Ta journée s'est bien passée, ma chérie ?
Annette sourit à son mari. Elle le regarde d'un air bienveillant et avec amour.
— Une journée sans encombre. Les enfants ont été sages comme des images, cet après-midi. À croire que ce ne sont pas les nôtres. Ah oui, tiens, je ne t'ai pas encore dit : je suis allée au marché ce matin et j'ai croisé Maryse. J'ai invité ton frère, ta belle-sœur et Alexis à venir manger à la maison, demain midi.
La nouvelle ne semble pas combler Vincent de joie. Il souffle, se lève et commence à faire les cent pas.
— Était-ce vraiment nécessaire ?
— Je sais que vous avez quelques soucis au sein de l'entreprise mais vous pouvez bien en faire abstraction pendant une journée, non ? C'est la famille, tout de même !
Vincent se gratte la tête.

— Je sais. Je sais que tu as raison. Mais en ce moment, la communication entre nous est devenue très compliquée.

Annette se lève à son tour et s'approche de son mari. Elle entoure son cou de ses bras.

— Vous ferez un effort. Les enfants seront contents de voir leur cousin. Et puis, c'est notre tour de les inviter. Maryse nous a déjà conviés à déjeuner deux fois de suite.

Annette approche son visage de celui de son mari, lui dépose un doux baiser sur les lèvres et le regarde droit dans les yeux en attendant son verdict. Vincent ne semble pas pouvoir lui tenir tête longtemps.

— Bon, d'accord, c'est d'accord !

Annette est ravie. Elle l'embrasse de nouveau et retourne s'asseoir sur son fauteuil, broderie à la main, satisfaite.

Vincent reprend place sur sa chaise, guitare sur les genoux.

***

— Alors, Barbie 1, dis-moi combien font 1 + 2 ? Allez, ce n'est pas très dur. Je suis sûre que tu connais la réponse. Non, Barbie 2, on n'aide pas Barbie 1. Chut ! Plus un mot, sinon, je te punis.

La petite Fanny joue à la maîtresse, debout à côté de son tableau noir, une craie à la main. Un peu plus loin, le grand frère, Florian, dessine sans rien dire sur une feuille blanche posée sur la table. Muni d'un crayon de bois, rien ne semble pouvoir le déconcentrer. Pas même le monologue de sa petite sœur.

Faustine est avachie sur un pouf, plongée dans la lecture d'une bande dessinée.

***

Pendant ce temps, dans la tête de Faustine.

On pourrait croire qu'il y a peu de suspense et pourtant l'histoire me tient instantanément en haleine. Je retiens mon souffle à chaque geste et à chaque réplique des acteurs. Ils jouent ma vie ! Ce qui m'étonne, c'est que l'acteur qui tient le rôle de mon père est incroyablement calme. Il va bientôt y avoir un élément déclencheur qui le fera sortir de ses gonds.

***

— Je vais aller chercher deux ou trois bûches pour mettre dans la cheminée, dit Vincent en se levant.

Il sort de la pièce. Les lumières s'estompent, un spot éclaire une pendule accrochée au mur. L'aiguille avance en accéléré de dix minutes, puis la lumière revient.

— Mais où est-il parti chercher son bois ? À Marseille, ou quoi ? dit Annette en vérifiant l'heure sur sa montre.

Elle se lève et s'approche de la porte juste au moment où cette dernière s'ouvre brusquement.

— Enfin ! Où étais-tu passé ? commence Annette avant de se rendre compte que son mari n'est pas dans son état normal.

Car l'homme qui revient sans aucun morceau de bois affiche un air terrifié.

— Qu'est-ce qui se passe, mon chéri ? Tu en fais une tête !

Vincent reste sur le pas de la porte et lève une main pour lui signifier quelque chose qu'elle ne comprend pas sur le moment. Puis, le drame arrive. Un coup retentit. Le corps d'Annette tombe à terre. Elle n'a pas eu le temps de réagir, peut-être n'a-t-elle-même pas compris ce qui se tramait entre les quatre murs de sa propre maison. Comment aurait-elle pu, en quelques centièmes de seconde ?

***

Assis sur la chaise à côté de moi, l'oncle Richard s'agite. Je l'entends prononcer des mots à voix basse : « c'est quoi ? », « qu'est-ce qu'ils font ? », « merde ». Les souvenirs doivent remonter aussi vite que la scène se déroule sous nos yeux. J'aperçois une goutte de sueur perler sur son front. Ses mains se mettent à trembler. Je suis sûre que, s'il le pouvait, il se lèverait et partirait. Mais il est trop affaibli par son état de santé. La visite de son fils ne l'a en rien amélioré et je crois que cette pièce pourrait lui donner le coup de grâce. Mais je dois rester, je dois savoir où Mathieu veut en venir et pourquoi il a mis en scène le drame de ma vie. Il est toujours posté derrière nous, il ne m'a pas lâché la main. Mon cœur s'emballe. Sur la scène, ma mère gît à même le sol. Le vrai jour du drame, je ne l'ai pas vue morte. La logique des choses fait que c'est elle que Vincent a tuée avant de s'en prendre à nous, les enfants, et avant de se donner lui-même la mort.

***

Florian et Faustine relèvent la tête, ils ont entendu un bruit sourd. La petite Fanny, elle, ne réagit pas, elle continue à jouer. Aucun enfant ne peut imaginer que quelque chose de grave puisse se passer dans le cocon familial. On y est, *a priori*, en sécurité.

De l'autre côté de la cloison, les choses s'accélèrent. Vincent avance doucement de quelques pas. Il observe sa femme sur le sol. Des larmes roulent sur ses joues rougies par le froid hivernal.

— Avance ! lui ordonne une voix dans son dos.

Il s'exécute. Debout derrière lui se tient un homme qui lui braque un fusil dans le dos. Vincent se retourne pour lui faire face. Une colère l'empoigne.

— Qu'est-ce qui te prend ? Comment as-tu pu ? hurle-t-il.

L'autre homme observe Annette un très court instant.

— Tu es devenu fou, Richard ? crie Vincent de plus belle.

Son frère ne lui laisse pas d'autre chance d'ameuter les voisins et lui tire deux balles en pleine poitrine. Vincent tombe à terre, à quelques centimètres de sa femme. Richard ne perd pas une minute et se dirige vers la chambre des enfants. Il ouvre la porte brusquement. Il ne prend pas le temps de réfléchir non plus, il agit. Il tire une fois sur Florian qui se tient debout face à lui et une deuxième fois sur Faustine, juste à côté. Le premier corps s'étale sur le deuxième. Puis il tire une dernière fois sur la petite qui est à côté du tableau. Tout se passe très vite. Les enfants n'ont pas eu le temps de comprendre ce qu'il leur arrivait. Richard reste deux minutes à l'entrée de la pièce afin de s'assurer que plus personne ne bouge. Il retourne dans le salon, dépose les empreintes de Vincent sur le fusil puis place l'arme par terre, à côté de lui.

Le rideau se referme.

***

Dans la salle règne un silence de mort. Ironie du sort ? Les spectateurs hésitent. Applaudir ou ne pas applaudir ? Tout le monde sait ce qui se joue ce soir. Tout le monde connaissait la famille Jullien. Tout le monde comprend que ce n'est pas une banale pièce de théâtre.

Une hache bien tranchante vient de transpercer mon cœur. J'ai peine à croire ce que je viens de voir. Est-ce la vérité ? Je veux dire, la vraie ? Nous aurions été victimes de la folie, non pas de mon père, mais de mon oncle ? Celui-là même qui est assis à côté de moi ce soir. Toute ma douleur était-elle basée sur de fausses affirmations ? Toute ma vie, j'aurais vécu sous le toit de notre assassin sans le savoir ? Et ce dernier aurait gardé ce terrible secret toute la sienne, sans jamais laisser sous-entendre que mon père était innocent ?

L'oncle Richard montre une tête à faire peur. Son visage est décomposé. Tous les gens du village ont les yeux braqués sur lui. Il évite leurs regards en fixant ses pieds.

À peine trois minutes sont-elles passées que le rideau s'ouvre de nouveau.

***

Voix *off* : « Le lendemain, chez Richard Jullien, le frère de Vincent. »

Richard est assis à la table de la cuisine, un journal devant lui, dont il tourne les pages au fur et à mesure de sa lecture. Sa femme, Maryse, est debout devant la gazinière, une cuillère en bois à la main. Elle surveille un plat qui mijote dans une grande casserole.

— C'est bientôt prêt ? lui demande-t-il nonchalamment. J'ai faim.

— Bientôt. Il faut ce qu'il faut.

Elle retire le couvercle du fait-tout et en mélange le contenu.

— Ça ne ressemble pas du tout à ton frère de faire un geste comme ça. C'était quelqu'un de pacifique. Il n'y avait pas plus doux que lui. Et il aimait sa femme et ses enfants. Ça ne lui ressemble pas.

— Hum…

Maryse se met à pleurer, s'essuie les yeux du revers de la main, puis sort un mouchoir en tissu de sa poche dans lequel elle se mouche bruyamment.

— Tu te rends compte ? Une histoire comme ça, dans notre famille ? Qui aurait pu penser ça ?

La douleur l'étreint de plus belle et elle laisse échapper des sanglots. Richard réagit à peine. Il ne montre pas sa tristesse. Sans doute, Maryse s'imagine-t-elle qu'un homme ne se laisse pas aller à pleurer pas comme une femme.

— C'est même pire que ça ! Déjà, votre cousin, en Belgique. Maintenant, Vincent ! Et comme on dit : jamais deux sans trois ! Tu ne vas pas t'y mettre, hein, Richard ?

— Occupe-toi plutôt de la bouffe au lieu de raconter des sornettes.

Énervé, Richard sort. Le rideau se ferme.

***

Le rideau s'ouvre sur la même pièce. Maryse entre, munie d'un tas de linge sale qu'elle pose sur la table. Elle prépare les vêtements pour la lessive. Elle met les pantalons sur l'envers, retourne les polos, les pulls et les sous-pulls, remet les chaussettes en boule bien droites comme il faut.

— Mais qu'est-ce que c'est que ça ? Où est-ce qu'il est encore allé traîner ? dit-elle en observant de plus près un des pantalons de son fils.

Alexis entre dans la cuisine.

— Ça va, mon chéri ?

— J'ai soif.

Maryse sert un verre à son fils qu'il boit d'un trait.

— Je me demande ce que tu as encore bien pu faire. Regarde dans quel état est ton pantalon ! Il est encore troué. Je vais le recoudre mais fais un peu plus attention.

Alexis hausse les épaules.

— C'était samedi, quand je suis allé au stade avec Christophe. Je suis tombé.

— Ah oui. J'avais oublié que papa vous avait emmenés au foot.

— Non, c'est le père de Chris qui nous a emmenés. Papa a dit qu'il avait une course à faire.

— Ah bon ? Il ne m'a pas avertie.

Le rideau se referme.

***

— Faustine, il faut manger, ma puce, dit doucement Maryse.

Mais Faustine sanglote. Richard regarde la petite d'un œil mauvais.

— Mange, on t'a dit ! râle-t-il.

La fillette se lève et part en courant.

— Richard ! Qu'est-ce qui te prend ? Laisse la petite tranquille ! s'énerve Maryse. Ce n'est pas facile pour elle.

Richard marmonne dans sa moustache. Le téléphone sonne. Maryse répond :

— Allô ? Monsieur Laval ? Bonjour. Oui… oui… oui, il est là. Je vous le passe. Tiens, c'est pour toi, dit-elle en lui tendant le combiné.

— Allô ? Oui, bonjour.

Les minutes suivantes ne sont ponctuées que par des interjections. Puis il raccroche.

— Qu'est-ce qu'il voulait ? demande sa femme.

— Juste me dire que le dossier pour l'héritage est encore repoussé. Et puis… que Faustine va en toucher une partie. Et qu'il faudrait bien que ses tuteurs s'occupent de la paperasse, de son compte en banque. Faut qu'on règle tout ça au plus vite.

— Tu ne trouves pas que c'est un peu précipité ? Toute cette histoire… vient juste d'arriver.

— *Pfff*, si j'avais su...
— Su quoi ?
— Ah, rien ! Fous-moi la paix !
Et Richard sort.

***

Maryse et Richard sont à table.

— Richard, ça fait plusieurs nuits que je ne dors plus. J'ai un sale pressentiment. Celui que tu me caches quelque chose.

Richard observe sa femme sans rien dire. Elle se met à sangloter et poursuit, malgré le mal que cela lui occasionne de parler :

— Quand la tuerie chez ton frère a eu lieu, tu étais où ?

Richard grommelle.

— Parti faire une course.
— Quelle course ?
— Qu'est-ce que ça peut faire ? Hé, ho, qu'est-ce que tu insinues, là ?
— Ne me prends pas pour une imbécile, Richard. Je te connais assez pour savoir que tu me caches quelque chose. Je le sens. Et ça me fait peur.
— Mais t'es devenue folle, ma parole ?
— Je préférerais être folle ! Tu sais, j'ai regardé sur le calendrier de l'année dernière. Au mois de septembre, quand la famille de ton cousin a été tuée, tu étais parti pour deux jours. Soi-disant un week-end de

chasse en Picardie avec tes amis. Je commence à me demander si tu n'es pas allé en Belgique.

— Tu m'accuses d'être un meurtrier ? hurle Richard.

— Non, je te *demande* si c'est toi qui as tué tous ces gens ?

Richard se lève, exaspéré par les accusations de sa femme.

— Bien sûr que non !

— Jure-le !

— Tu m'emmerdes ! Je te le jure ! Voilà, t'es contente ? Sur la tête de ton fils, je le jure !

— C'est bizarre, mais je n'y crois pas une seconde. Tu sais ce que je pense, Richard ? Je crois que cette foutue histoire d'héritage t'est montée à la tête. Je crois que tu as tué des membres de ta famille pour du fric. Et ça, ça me dégoûte. J'espère que tu iras en enfer pour ce que tu as fait.

Maryse se lève, saisit une bouteille de vin rouge qui se trouve sur la table et sort de la pièce, laissant son mari seul avec sa culpabilité.

87

Après le spectacle – et quel spectacle ! –, nous sommes sortis les premiers de la salle. Tous les regards étaient tournés vers nous. Personne n'a rien dit. Mathieu m'a juste soufflé : « ça va ? Tu veux que je vienne avec toi ? » J'avais les yeux embués. J'ai juste répondu non d'un signe de tête. J'ai aidé mon oncle à se lever et nous avons traversé la salle, sous le regard des autres. Encore une fois, nous serions le centre des discussions, ces prochains jours. Il y aurait des commérages et des NGV qui parcourraient les maisons.

L'oncle Richard avait du mal à respirer. Que pouvait-il se passer dans sa tête ? La honte l'avait-elle enfin touché ? Je ne lui ai pas adressé un mot, je ne lui ai accordé aucun regard. Je l'ai emmené jusqu'à sa chambre, je l'ai aidé à ôter ses chaussures et son pantalon puis à se coucher. Avant de refermer la porte derrière moi, je l'ai entendu me dire : « pardon ».

Je suis allée dans ma chambre, je me suis allongée sur mon lit et, de toutes mes forces, j'ai hurlé dans mon oreiller. J'ai hurlé et j'ai pleuré comme jamais dans ma vie je n'avais encore pleuré. C'était comme si les démons qui me hantaient depuis mon enfance sortaient enfin de mon corps. Une tristesse immense m'a envahie. Puis les réflexions, une à une, ont fait leur chemin dans ma tête. De nouvelles images. De nouvelles pensées se sont bousculées :

Mon père n'était pas le meurtrier que tout le monde croyait. Il nous aimait.

Mes proches avaient été tués pour une histoire de fric. Pour un héritage que personne n'attendait quelques mois auparavant.

Mon oncle avait été l'assassin des membres de sa famille. Et même de sa propre femme, bien des années plus tard. J'imagine les raisons qui ont pu l'amener à la renverser avec sa voiture. Peut-être qu'elle avait décidé de tout dire à la police. Je ne crois pas à cette histoire de tromperie. On ne tue pas les gens pour ça. Non. On ne tue pas les gens, tout simplement. Aucune raison n'est valable.

Tout à coup, je comprenais mieux le comportement que mon oncle avait adopté à mon égard. J'avais dû être un vrai fardeau. J'aurais dû périr aussi, ce jour-là, pour que son plan fonctionne. Mais j'avais tout fait échouer. Florian, en tombant sur moi, m'avait sauvé la vie, et moi j'avais hérité de cet argent que mon oncle voulait tant. Sa peine avait été de vivre avec moi. D'avoir sur la conscience que son frère et sa famille avaient été tués pour rien.

Je n'ai pas dormi de la nuit. J'ai pleuré toutes les larmes de mon corps jusqu'au petit matin. J'ai même pleuré toutes les larmes de mon cœur.

88

Vers neuf heures, je me suis rendue dans la chambre de l'oncle Richard. Il se lève normalement tous les jours à sept heures pétantes. Sur le coup, j'ai pensé que son retard était dû à la soirée que nous avions passée. Qu'il devait être bourrelé de remords. Qu'il n'osait plus sortir de son lit. Qu'il n'osait pas m'affronter maintenant que je connaissais toute la vérité. Ni moi, ni les autres du village, ni la gendarmerie.

Mais lorsque je me suis approchée du lit, j'ai compris que la raison de son retard était tout autre. La couverture ne le recouvrait plus qu'à moitié. Quant à son visage, il était pâle, ses yeux et sa bouche entrouverts. Il avait rendu l'âme.

Encore une fois, il avait préféré jouer le lâche plutôt que d'être confronté à ses responsabilités.

Bien sûr, sa santé s'était dégradée ces jours derniers et la visite d'Alexis n'avait rien arrangé. J'imagine que la pièce de théâtre l'a achevé. Qu'il n'avait plus la force de vivre avec tous ces secrets qui n'en sont plus désormais.

Je suis sortie de sa chambre, je me suis assise dans le couloir. Je n'ai pas pleuré pour son départ, j'ai ressenti un énorme soulagement. Cette tristesse que je portais depuis mes huit ans, ce poids inexplicable que je traînais depuis mon enfance est parti en l'espace de quelques heures.

Une heure après, j'ai appelé Mathieu.

— Il est mort. Cette nuit. Tu peux venir s'il te plaît ?

En arrivant, Mathieu a constaté par lui-même que le vieux était parti. Il a appelé les pompes funèbres. Trois hommes sont venus dans l'heure qui a suivi. Ils m'ont demandé si je voulais lui faire mes adieux. Je leur ai répondu qu'on n'avait plus rien à se dire et qu'ils pouvaient l'emmener tout de suite.

Des voisins étaient présents lorsqu'ils ont chargé le corps dans le camion, et j'ai su qu'une nouvelle NVG était en route. En moins de temps qu'il ne faudrait pour le dire, tout le village serait au courant. Tout le monde saurait que Richard Jullien avait rejoint ceux qu'il avait tués.

89

— Je n'ai pas envie de rester ici. On peut aller chez toi ?

Mathieu m'a emmenée chez lui et, avant toute chose, je me suis allongée sur son lit et j'ai dormi pendant plusieurs heures. Lorsque je suis sortie de mon sommeil, je l'ai rejoint dans le jardin. Il était en train de faire griller des crevettes qu'il avait préalablement laissées mariner.

— Tu te sens mieux ?
— Oui.

J'ai pris place à la table devant une assiette.

— Tu veux une citronnade fraîche ?
— Volontiers.

Il m'a servie, puis s'est assis face à moi.

— Tu m'en veux ?
— Pourquoi je t'en voudrais ?
— Pour la pièce de théâtre. Pour avoir fait éclater la vérité sur les planches, devant tout le village. J'ai hésité, tu sais. Je ne savais pas si c'était la bonne solution. Mais je ne voulais pas que ce silence perdure. Il fallait que la vérité éclate. Et à mes yeux, il fallait que l'éclat soit à la grandeur de ces horreurs.

Un ange est passé. Puis, Mathieu a repris :

— Je l'ai tué !
— Ne dis pas de conneries. Il serait mort quand même. Ça faisait plusieurs jours déjà que sa santé

s'était dégradée. J'aurais dû l'emmener voir un médecin.

— Tu sais, parfois il est juste temps de partir.

J'ai siroté ma citronnade en pensant à ce qu'il venait de dire. Je m'étais déjà posé la question des milliers de fois. Est-ce que tout était programmé à l'avance ? Est-ce que le jour et l'heure de notre mort étaient écrits ? Mariette me dirait sûrement que oui.

— Comment as-tu su que c'était lui ?

— Ma mère m'a laissé une lettre. Si je ne te l'ai pas dévoilé tout de suite, c'est parce que je voulais que ma mise en scène fonctionne. Et puis, moi aussi, il a fallu que je digère toutes ces nouvelles. L'identité de mon père, les meurtres de ton oncle, qui finalement, n'était autre que mon demi-frère. Je peux te la faire lire si tu veux ?

J'ai acquiescé. Je devais comprendre. Quand j'en ai eu terminé avec la lettre, je lui ai raconté comment Maryse était décédée.

90

Mathieu, mon fils chéri,

La maladie va m'emporter, je le sais, je m'y attends et je m'y suis préparée. Toi, tu es déjà grand, tu n'as plus besoin de moi et je suis tellement, mais tellement fière de ton parcours et de ce que tu as atteint dans ta vie et par-dessus tout, de la personne que tu es devenue.

J'espère avoir été une bonne mère. J'ai fait de mon mieux, tu sais, pour subvenir à tes besoins. J'ai toujours essayé de te donner le meilleur de moi-même. Malheureusement, je le sais aussi, j'ai échoué sur certains points et je tiens à ce que tu apprennes certaines vérités avant que je m'en aille.

Premièrement, je t'ai longtemps caché l'identité de ton père. Je n'ai jamais rompu le contact avec lui et il n'a jamais été bien loin de nous. Mais en raison de sa situation familiale, il n'était pas possible de vivre avec lui. Pourtant, toi aussi tu le connais. C'est Armand Jullien, le grand-père de ton amie Faustine. Nous sommes tombés amoureux il y a longtemps et nous l'avons été jusqu'à ce qu'il nous quitte pour l'au-delà. Sache qu'il nous aimait. Seulement, il aimait également son autre famille et il a vécu ainsi une double vie en chérissant ses deux femmes et ses trois enfants. Il t'a aimé aussi, n'en doute jamais, mais différemment, officieusement, dans l'ombre.

Deuxièmement, il y a des vérités qui sont bien difficiles à avaler et encore plus à digérer. Tu sais que j'étais très proche de Maryse Jullien. Elle était une confidente et une amie de confiance. Et moi je l'étais pour elle. Comme tu le sais, on ne trahit pas ses amis. Il y a longtemps déjà, peu de temps après la mort de la famille de Faustine, Maryse est venue me voir. Elle est arrivée en pleurs et elle s'est effondrée dans mes bras. Ça lui pesait tellement sur l'estomac qu'elle suffoquait. Elle venait de découvrir avec horreur que son mari était un assassin. Que c'était lui qui avait tiré sur Vincent, Annette et les enfants. Il lui a avoué, un soir où il avait trop bu. Il serait même allé tuer un cousin éloigné qui vivait en Belgique pour une histoire de legs. Pour hériter de leur part. Il a voulu évincer d'autres héritiers dans l'espoir de toucher une plus grosse part. Un plan qui n'a pas marché, mais qui a coûté la vie à plusieurs innocents. Toi aussi, tu es l'un de ces héritiers. Je te laisse tout un tas de paperasses de ce généalogiste qui te permettront de comprendre d'où vient l'argent qui nous a permis de financer une partie de tes études à Paris. C'est grâce à ça et à ton travail acharné que tu es devenu un célèbre metteur en scène.

Il reste une petite somme de cet héritage sur un compte en banque à ton nom. C'est ton argent. Tu sauras sûrement quoi en faire.

Je te demande pardon. Je n'ai pas voulu te mentir. Il est vrai que je n'ai rien dit à mon tour, mais j'ai tout simplement voulu vous protéger, toi et Maryse.

Maintenant que tu sais tout, je peux partir en paix. Occupe-toi de Faustine, elle a besoin de quelqu'un. Je la croise de temps en temps, je sais que je devrais tout lui dire, à elle aussi, mais je ne le peux pas. C'est au-dessus de mes forces. Pourtant, elle a le droit de connaître la vérité. La pauvre petite, elle a perdu tous les siens. Le comble, c'est que la seule personne avec qui elle vit et dont elle s'occupe est son oncle, celui-là même qui a anéanti toute son existence.

Mon fils, fais-moi une promesse. Sois heureux. Profite de tout. La vie passe si vite.

Je t'aime
Maman.

91

Ce soir, Brice et moi dînons au restaurant. C'est un peu comme avant. Aujourd'hui, j'ai l'impression que tout est possible. Je n'ai plus peur de m'engager. Il y a quelques années, je redoutais de devenir cinglée. Je pensais que c'était trop risqué de s'attacher. Je craignais de sombrer dans la même folie que mon père. Aujourd'hui, je sais qu'il n'en a jamais été rien. Et ça change tout.

En fin de repas, il prend les devants.

— J'ai réservé une chambre à l'hôtel. Il y a une place pour toi, si tu le veux.

Il me fixe en me disant ces mots. Je sens mon cœur s'emballer. Je me suis imaginé ce moment des milliers de fois. Je connais déjà la réponse. Depuis que nous nous sommes revus, je ne pense plus qu'à ça. À nos retrouvailles. À cet instant où nous ne serons plus que tous les deux.

— OK.

Il esquisse un sourire, paie l'addition puis nous partons dans la même direction. C'est lui qui détient la clé de la chambre. Il me précède dans le couloir. Je l'observe de haut en bas. Son dos, ses fesses, ses jambes. Il n'y a aucun doute, j'ai envie de lui. Il ouvre la porte. La pièce n'est pas grande, mais elle est bien éclairée et le lit a l'air confortable. Il me laisse entrer la première puis referme la porte derrière nous. Il pose les clés sur la table, enlève sa veste. Je pose ses yeux sur son torse. J'ai envie de lui arracher sa chemise – cela fait si longtemps –, mais je me retiens. J'admire la vue depuis la fenêtre.

Soudain, je sens sa présence dans mon dos. Sa tête près de la mienne, son souffle à mon oreille. Il sent bon. De ses bras, il m'enveloppe, pose ses mains sur mon ventre et me serre fort. Le moment est intense, les sentiments décuplés. Je ferme les yeux et pense combien il est doux de sentir son corps contre le mien. Je voudrais que cet instant ne s'arrête jamais.

« Tu es encore plus belle que dans mes souvenirs », me chuchote-t-il à l'oreille.

Je me retourne, pose mes mains sur ses hanches. Nous nous regardons dans les yeux un long moment. Je lève le bras, lui caresse la joue. Attirés comme des aimants, nos visages se rapprochent l'un de l'autre. Nos cœurs battent à tout rompre. Nos lèvres s'effleurent. Je recule et l'observe de nouveau. Il prend mon visage entre ses mains et m'embrasse tendrement. Il me caresse le dos. Je laisse glisser mes mains sur sa chemise puis commence à défaire les boutons un à un. Il me regarde et me sourit. Dans ses yeux, je sens son désir monter. Il me veut tout autant que je le veux. La chemise tombe au sol. Il s'empresse de m'ôter mon t-shirt et observe mon corps, mes sous-vêtements, ma poitrine... Il rougit légèrement puis nous nous enlaçons, peau contre peau. Sa chaleur me rassure. Plus rien d'autre ne compte que nous, à cet instant. Je caresse ses fesses, ouvre son pantalon que je fais glisser le long de ses jambes. Nous nous installons sur le lit. Il s'approche de moi, se colle à mon corps. Il me caresse le bras, le ventre, le dos. Comme pour faire durer le plaisir, ses mouvements sont lents, ses gestes tendres. Il dégage une mèche de cheveux de mon visage. Je redécouvre chaque centimètre de sa peau. Ses épaules, son torse. Je l'embrasse dans le cou. Il laisse ses mains parcourir le bas de mon dos, mes fesses, mes cuisses, puis il dégrafe mon soutien-gorge et découvre mes seins qu'il goûte immédiatement. Ses caresses me font frémir. Puis il descend un peu plus bas, embrasse mon nombril, puis mon entrejambe. Il ôte la dernière pièce qui cache mon intimité. Sa bouche frôle mes cuisses, puis il remonte doucement. Je sais que son seul souhait est de me procurer du plaisir. Et je sais aussi que, ce soir, je vais écouter mes désirs et les assouvir avec cet homme que je n'ai jamais oublié.

Oui, ce soir, dans les bras de Brice, je suis certaine que tout est encore possible.

92

— Mariette, j'ai longuement réfléchi à ta proposition. Tout d'abord, je sais ce que ce magasin représente pour toi et je tenais vraiment à te remercier pour ta proposition et pour ta confiance.

— C'est normal, ma chérie, tu le mérites, répond Mariette en posant sa main sur la mienne.

Comme souvent, nous nous sommes installées dans l'arrière-boutique. La période estivale a commencé et nous le ressentons : la clientèle se fait plus rare. Je doute que nous soyons dérangées.

— Je… j'ai décidé de passer à autre chose. J'aimerais retourner à mes premiers amours : les fleurs.

— Ah bon ? Tu veux devenir fleuriste ?

— Je ne sais pas. En tous cas, j'aimerais essayer. Et puis je verrai si ça me plaît ou non.

Ça y est, c'est dit ! J'ai tout déballé à la vitesse de l'éclair.
Je respire à nouveau ! Mon cœur bat tellement vite. J'appréhendais d'annoncer mon projet à Mariette. J'avais trop peur qu'elle ne m'en veuille et également de la décevoir. Mais elle réagit bien.

— C'est une très bonne idée, ma chérie. Tu as toutes les compétences pour réussir.

— J'ai trouvé un stage. Je dois commencer bientôt.

— Bientôt ?

— Oui, si possible. J'ai envie de tourner cette page aussi. Et la personne qui accepte de m'apprendre le métier a besoin d'aide. Son employé vient de démissionner.

— Ne t'inquiète pas pour le magasin, je trouverais bien quelqu'un que ça intéressera. Le reprendre pour me faire plaisir aurait été une énorme erreur. Et en attendant, je peux m'occuper des retouches moi-même. Tu peux commencer ton stage quand tu le souhaites. Le plus important, c'est que tu fasses quelque chose que tu aimes. C'est le seul critère qui doit compter. Et puis, tu as raison : après tout ce qu'il t'est arrivé ces derniers temps, un peu de renouveau ne te fera pas de mal. Nouveau travail, nouvel amour… enfin, ancien nouveau…, dit-elle en riant. Il ne te manque plus qu'un nouveau chez-toi.

— Ce sera la prochaine étape. Je ne peux plus vivre dans cette maison. Alexis n'a qu'à la récupérer. Je suis contente que Mathieu ait accepté de m'héberger en attendant que je trouve mon prochain logement. Et sait-on jamais, si ça marche avec Brice, peut-être qu'on s'installera ensemble…

— Ou peut-être que vous partirez ailleurs, ensemble…

Elle me fait un clin d'œil. Cela ne m'était pas encore venu à l'esprit. Partir avec Brice, déménager, s'installer dans une autre région, peut-être dans une maison en Provence, avec un chien qui s'appellerait Bôchien. L'idée n'est pas déplaisante. En tout cas, ma vie ne peut que s'améliorer par rapport à ce qu'elle était avant.

93

Il est huit heures trente. J'ai vingt minutes d'avance sur l'horaire de mon rendez-vous. J'observe, depuis le trottoir d'en face, la devanture de la fleuriste qui a accepté de me former les prochains mois. Inflorescence : le nom me plaît déjà et la vitrine, joliment décorée et accueillante, me conforte dans mon choix. Malgré le stress qui me triture le ventre, je ne renoncerai pas devant ce nouveau challenge.

Un court instant, je replonge plus de trente ans en arrière, me remémorant qu'à l'époque, j'accompagnais mon grand-père dans un commerce situé au même endroit. Nous n'y allions pas pour acheter des fleurs, mais pour remplir ses bidons de vin. Je ne connaissais pas encore le goût de l'alcool mais j'adorais l'odeur du vin qui enchantait les lieux. Monsieur Touchard, le propriétaire de la boutique, transvasait le liquide rouge stocké dans d'immenses cuves dans le cubitainer de pépère à l'aide d'un pistolet de distribution. Vins ou fleurs, cet endroit devait être prédestiné aux plaisirs de la vie.

Autour de moi, le quotidien de la ville de neuf mille habitants bat déjà son plein. La boulangerie accueille sa clientèle matinale, le bar-tabac soulève son rideau de fer, quelques chiens se promènent avec leurs maîtres ou l'inverse, c'est selon, le tout sous un ciel divinement bleu.

Une femme ouvre la porte du magasin et installe sur le trottoir deux caisses de bois. Elle disparaît un court instant et revient avec un énorme tonneau presque aussi grand qu'elle. Comme tout bon fleuriste, elle doit préparer sa vitrine extérieure, celle qui attirera ses futurs clients. Elle retourne à l'intérieur. Je décide qu'il s'agit du moment parfait pour faire mon entrée. L'heure est arrivée pour moi de prendre mon nouvel avenir en main. Je traverse la rue. Devant la porte, je souffle un grand coup pour atténuer ma nervosité. Je saisis la poignée et je fais le premier pas qui m'éloigne définitivement du monde de Mariette.

— Bonjour.

Personne ne me répond. Seule la voix de Jean-Jacques Goldman chante à travers les enceintes d'une radio : « elle vit sa vie par procuration, devant son poste de télévision... » Des dizaines de fleurs multicolores disposées dans de grands seaux métalliques contrastent avec le vert des plantes qui les entourent. Quel endroit apaisant ! Ces couleurs vives, cette luminosité, ces mille senteurs qui embaument.

— Elles sont belles, n'est-ce pas ? me surprend la femme alors que j'admire des orchidées présentées dans des pots assortis à leurs pétales.

— Oui, elles sont magnifiques. Je me présente, je suis Faustine Jullien.

Je m'approche d'elle pour lui serrer la main. Elle pose un panier en osier au sol et avance son visage pour me faire la bise.

— Moi, c'est Évelyne. On se tutoie, d'accord ? Nous allons passer quelques semaines ensemble, alors oublions tout de suite les *vous* et les *madame*. Tu veux bien ?

J'acquiesce tout en souriant. En l'espace de quelques secondes, elle vient de gagner ma sympathie. Elle doit avoir mon âge. J'ai le sentiment que je vais me sentir bien ici. Nous effectuons un rapide tour du propriétaire et elle m'invite à la suivre dans l'arrière-boutique. Pour mon plus grand plaisir, je découvre les coulisses. Les réserves, les décorations qu'Évelyne ressort au fil de l'année, selon les occasions : Noël, la fête des mères, la Saint-Valentin.

— Certains diront que ce sont des fêtes commerciales, m'explique-t-elle. Peut-être. En tous cas, c'est grâce à elles que je survis. Sans elles, il n'y aurait plus d'Inflorescence. Finalement, tout le monde y trouve son compte.

Ensuite, j'aide Évelyne à terminer l'installation de ses plantes sur le trottoir. À l'occasion de cette première journée, je vais découvrir l'univers qui sera le mien pendant ce stage de plusieurs mois.

94

— Les noces de cachemire ? Mais dites-moi, ça commence à faire pas mal d'années de mariage !

— Un peu, mon neveu ! Quarante-sept exactement. Et toujours aussi amoureux !

— Dites-nous quel est votre secret, Monsieur Legendre ?

Le vieil homme qui s'entretient avec Évelyne hausse les épaules.

— Je n'en sais rien. Moi-même, je suis le premier surpris. Ma femme a eu du fil à retordre avec mon sale caractère. Je dois bien l'admettre. Malgré cela, elle est toujours restée. Comme pour beaucoup de couples, notre vie a ressemblé à des montagnes russes. Mais à chaque descente, nous étions attelés l'un à l'autre, et dans les ascensions, nous nous soutenions afin de parvenir au sommet. Tout est plus simple quand on traverse les obstacles de la vie à deux, ça ne fait aucun doute.

Évelyne, souriante à souhait, emballe avec amour les quarante-sept roses rouges que monsieur Legendre a l'intention d'offrir à sa femme pour marquer la nouvelle année passée à ses côtés. Elle en a vu passer, des amoureux, dans son magasin, mais rarement elle en a vu repartir avec plus de quarante roses. Pendant que je m'essaie à créer un joli bouquet issu de mon imagination, j'observe Évelyne et enregistre tout ce que je vois. J'ai tellement à apprendre d'elle. Elle s'avère être une très bonne fleuriste, mais elle est avant tout une commerçante proche de sa clientèle et très à l'écoute. Tout comme Mariette. Elle les salue tous par leur nom lorsqu'ils entrent dans la boutique et elle connaît aussi tout un tas de choses sur leur vie. C'est incroyable de voir comme les gens gagnent en confiance et finissent par dévoiler leur vie privée.

— Ça fait un sacré bouquet, dites donc ! lance monsieur Legendre en observant l'ampleur de la gerbe qu'Évelyne lui présente dans ses longues mains. J'espère que ma femme sera contente.

— J'en suis certaine.

Après quelques recommandations destinées à l'entretien des fleurs, Évelyne remercie l'homme qui repart un large sourire accroché aux lèvres.

— Sa femme sera drôlement surprise en découvrant autant de roses, dis-je en m'approchant du comptoir.

Évelyne éclate de rire.

— Je ne pense pas. Monsieur Legendre est un homme adorable mais peu créatif. Tous les ans, il lui offre des fleurs. La seule différence, c'est qu'il y a une rose de plus chaque année.

À cet instant, je me dis que jamais Brice et moi ne parviendrons à ce nombre de roses. Il est trop tard pour ça. Mais si au moins, nous pouvions être heureux pour chaque année passée ensemble, alors tout serait parfait. À mes yeux en tous cas.

***

1922 – 2022. Ces dates seront bientôt gravées sur la tombe de Thérèse Delage. Elle est décédée en début de semaine à l'âge de cent ans. La vieille dame s'est endormie dans son lit pour un sommeil éternel. Comme l'oncle Richard.

Je trouve cela à la fois fascinant et étrange de me dire que cette dame a vécu un siècle et qu'elle a donc connu un monde en permanente évolution. Comment a-t-elle fait pour s'adapter aux changements des mentalités au fil des décennies, à l'évolution de la langue française et de ses expressions, de la mode, des moyens de locomotion et des appareils électroménagers ?

Évelyne m'a raconté que Thérèse Delage était connue de tous à La Clouterie, le patelin voisin, et qu'elle était très aimée.

J'imagine qu'il y aura foule à son enterrement. Pas comme à celui de l'oncle Richard. Nous étions à peine une dizaine. Alexis n'est pas venu. Il n'y avait que Mathieu, quelques fidèles copains – qui, malgré tout, désiraient lui rendre un dernier hommage –, le curé et moi.

J'ai hésité longuement à me rendre à l'enterrement de celui qui avait assassiné toute ma famille. De celui qui avait détruit ma vie. Mais pour avancer, il me fallait aussi tourner cette page. Et pour y parvenir, il me fallait accepter ce qui s'était passé.

Alors la veille, j'ai pris une feuille et un crayon et j'ai écrit ces quelques mots :

Comment t'appeler ? Tonton Richard ? Papa ? Ou juste Richard ? Tu as été tout le monde et personne à la fois. Ce qui est certain, c'est que tu es la personne qui m'a fait le plus de mal. Je devrais te haïr pour ça. Je pourrais te haïr. Ce serait une réaction normale, une réaction humaine. Mais te haïr serait trop facile. Alors aujourd'hui, j'ai décidé de te pardonner. Pas parce que tu t'es excusé ou parce que tu as reconnu la douleur que tu m'as causée, mais parce que je mérite la paix. Adieu.

Puis j'ai laissé tomber cette lettre sur le cercueil avant qu'on ne le recouvre de terre. Et ce geste m'a libérée.

Remerciements

Je suis vraiment très heureuse d'avoir enfin pu achever ce roman. Le sixième déjà ! L'histoire de Faustine a trotté très longtemps dans ma tête avant que je ne sois capable de lui faire prendre vie sur mon clavier. L'idée de base de *Recoudre les blessures* part de faits divers. Combien de fois entend-on à la radio qu'une famille a été victime de la folie d'un mari ou d'un père ? Cela m'a toujours interpellée. Comment finit-on par en arriver là ? Comment peut-on tuer froidement sa propre famille ? Sans aucun doute s'agit-il de la conséquence d'un mal-être quelconque. Et pourtant, je ne suis jamais parvenue à comprendre un tel geste.

Je ne déroge pas à la règle et tiens à remercier tous mes bêta-lecteurs qui se reconnaîtront en lisant ces lignes.

Je remercie tout particulièrement Sophie Ruaud, correctrice et petite fée des mots ! J'espère de tout cœur que cette première collaboration ne sera pas la dernière.

Merci à ma mère et mon frère, qui m'ont confirmé que cette couverture était celle que je cherchais. Les premiers essais n'ont pas été des plus fructueux. Merci pour vos moues dubitatives et votre sincérité.

Chers lecteurs,

J'espère, quant à vous, que vous avez apprécié l'histoire de Faustine. Elle m'a accompagnée pendant plus d'un an et je dois bien avouer que la laisser s'envoler me provoque un petit pincement au cœur. Mais il est temps. Je croise les doigts pour qu'elle vous émeuve autant que moi. Il me semble que Faustine est le personnage qui m'a le plus touchée depuis que je me suis lancée dans l'écriture.

Si vous l'avez aimée, n'hésitez pas à en parler autour de vous. Un commentaire sur Amazon serait également très apprécié. Je vous en remercie par avance.

Enfin, j'espère que vous serez présents pour le prochain.

Printed in France by Amazon
Brétigny-sur-Orge, FR